Le Potager de Shiro

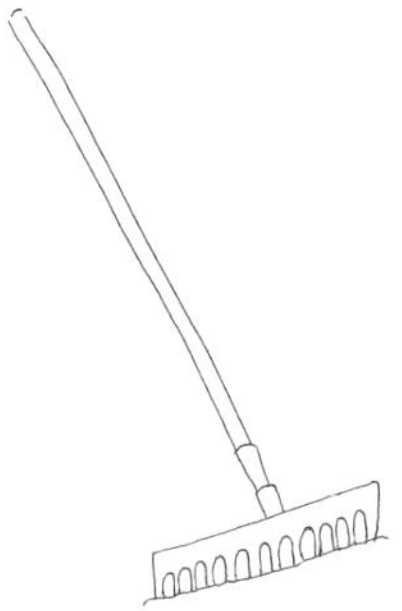

はじめに

育てた野菜を使ってケーキを作る。そんな生活をしていると「器用ですね」とか「丁寧なくらしがいいですね」とよく言われます。本当はとても不器用だし大雑把なのに。そのくせ神経質ですから組織の中で働くことは私にとって至難の業でした。会社勤めをしていたころは「もっとうまくやれたらいいのに」と、自分自身を不甲斐なく思うこともありました。

人を羨《うらや》む気持ちが薄れていったのは、畑を耕すようになってからです。天から自分の役割をあたえられたようでした。バリバリ働いている同僚を見ては眩《まぶ》しく感じたものです。我が家の畑を耕作放棄地にしないとか、そんな立派なことではありません。夫と自分のために野菜を育てる。そして、私の育てた野菜で家族の健康が保たれる。この思い込みが自信になりました。

愛犬シロも夫と私の生活を変えました。子どもがいない私たちが「パパさん」「ママさん」と獣医さんから呼ばれることもあります。のんきな大人二人だけの生活より、守るべき存在がある今の方がお互いを大切に感じるのです。出かける場所や時間に制限があるはずなのに視野が広がったようにも思います。

シロと散歩をして畑を耕し、家事をする。私の毎日は、ただそれだけです。家にいることが大好きな平凡な四十二歳です。そんな毎日のなかにある「愛おしいもの」を大切にしながら暮らしています。

この一冊を読んでくださる方の暮らしも「愛おしいもの」であふれますように。

平林鈴子

目次

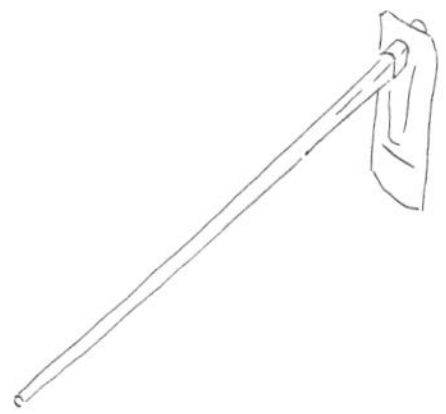

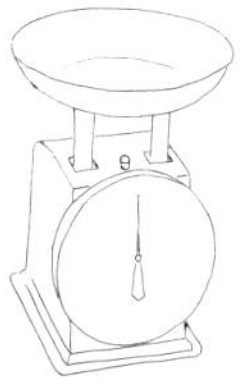

第1章

土のあるくらし

クリエイティブ

野菜作りはクリエイティブだ。

初めて鍬《くわ》で土を耕したとき、「これがやりたかったんだ」と思った。幼いころから「つくる」ことが好きで美術大学も卒業した。今でもアートの世界が好きだし「つくる」ことが好きだが、野菜作りは今まで経験したなかで、一番おもしろい。

たとえば人参。葉と根の色と形のバランスが美しい。これ以上の造形美があるだろうかと思えるほどだ。土から抜いたばかりの人参の葉は綿菓子のように柔らかく、茎はしなやかだ。栄養価も高く、爽やかな香りがする。

葉付き人参は、なかなかスーパーに並ばない。葉を付けたままでは、根が萎《しお》れやすく、二日目には根が柔らかくなってしまう。人参農家の親戚の家では、人参を抜いた直後に土の上で葉を落としカゴへ集めていた。漁師さんが魚の鮮度を保つために船の上で血抜きをするのと似ている。そうした手間のお陰でシャキシャキの人参をいただけているのだが、こんな話を聞くと、植物の儚さを感じて人参がより美しく思えてくる。

ゴーヤーは、デコボコがつくる陰影がおどろおどろしい油絵のように見える。虫もゴーヤーが苦いのだろうか、虫の多い季節に育つのに害虫被害はほとんど無い。「放ったらかし農法」の我が家には助かっている。けれど、ミツバチはちがう。体を震わせ花から花へ忙しそうだ。ゴーヤーは黄色い小さな花を咲かせる。その小さな花からは甘い香りがする。早朝にしか漂わない香りのために、私は少し早起きをする。

虫といえば、てんとう虫の水玉が好きだ。小学生のころ住んでいた横浜で、大好きだった近所のおばあちゃまが、いつも水玉のハンカチを首に巻いていた。その方の話される「ハマ言葉」がかわいらしくて、真似をしてみたりもした。畑でてんとう虫を見つけるとおばあちゃまを思い出す。いつだってビビッドな衣装できめているてんとう虫は、意外にもアブラムシを捕食する。畑仕事の頼もしい相棒だ。

美大生のころ、「アートとネイチャーという言葉は対極にあり、決して交わらない」と教えてくれた先生がいた。あの時は納得していたし、この言葉の意味を理解しているつもりだった。けれど今はスペインの建築家アントニオ・ガウディがのこした言葉の方がしっくりくる。

「世の中に新しい創造などない。あるのはただ発見である」

今「シロのポタジェ」でこの言葉を体感している。

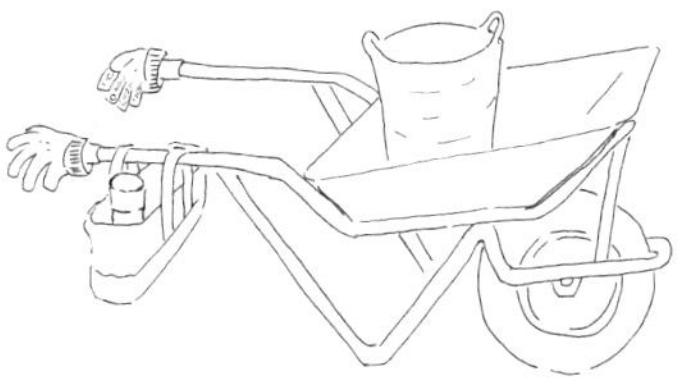

シロのPotager《ポタジェ》

「シロのPotager」とは、我が家の畑の名前だ。シロは愛犬の名前、Potager《ポタジェ》はフランス語で「家庭菜園」の意味。母屋から北西に三〇〇メートルほど離れたところにある。婚家のご先祖様から引き継いだ畑で、他に田んぼが数枚ある。夫は会社勤めをしていて管理が難しいため委託管理してもらっていた。田んぼは農協へ、畑は隣町に住むあるご夫婦に貸していたのだが、ご高齢ということもあり二〇一七年の暮れに返ってきたのだ。

以前より「手作りの暮らし」に憧れていて、数か月前に勤めていた会社を辞めた私は、「やってみよう」と決めた。無理だったら、畑仕事が上手な誰かにまたお願いしたらいいじゃないかくらいの気持ちだった。そんな弱い決心だったから、少しでも畑に愛着がわくように愛犬の名前を借りて名付けたというわけだ。

広さは約一六〇坪。ポタジェの半分ほどに果樹などの木を十九本植え、半分ほどで野菜を作っている。果樹はオリーブ二本、酢橘《すだち》、プルーン、清見《きよみ》オレンジ、レモン、柚子《ゆず》、無花果《いちじく》二本、ラズベリー、ブラックベリー、カシス、枇杷《びわ》、蜜柑《みかん》、梅二本、アプリコット、桃にお茶の木だ。どの苗木も人さし指ほどの太さで、膝くらいの高さしかなかったが、今は腰くらいまで成長した木もあれば、私の背を越した木もある。

我が家は「放ったらかし農法」だ。お金も時間もたっぷり使えず、手入れが行き届かない。雑草は一年を通して生い茂っているし、与える肥料の量はむらがある。それでも野菜はたくましく育つ。土を耕し、

種をまき、水を与える。月の明かりと太陽の光で発芽し、水と栄養を求めて根が張り大きくなる。とても当たり前のことなのだが、野菜の成長を見るのが毎日うれしい。

　野菜作りをするまでは虚弱体質だったし、インドア派だった。学生のころは「大丈夫?顔色悪いよ」と何度言われただろうか。私が土を耕すなど誰も想像しなかっただろう。自分でも驚いているけれど、体を動かせば動くようになるし、今では一五キロの肥袋だって軽々持ち上げられる。会社勤めをしていたころ、不眠が続き心療内科を受診したことがあった。今は夜十時には眠くなり、朝五時前には目が覚める。

　学生のころといえば、先祖のことを調べる授業があった。私の先祖は、呉服商人と宮大工だったと数代前までわかったのだが、それよりも前は土を耕していたのだろうと思う。確信はないが、自分の体と心が整っていくのを実感するうち、そう思うようになってきた。怠《だる》いと感じる日でも小一時間畑仕事をすれば、シャキッとする。

　野菜を食べるから元気なのではなくて、土を耕すから野菜がおいしく感じる。土を耕すからたくましくなる。そんなふうに感じている。

いちじく

果物が好きで毎朝欠かさない。中でも特別好きなのは無花果《いちじく》。

無花果はそのまま食べてもおいしいが、コンポートやジャムにして食べるのも好きだ。ドライフルーツにしてもおいしい。四ツ割にしたものをオーブンで一時間ほど焼いて乾燥させるのだが、最後オーブントレイに残った果汁を冷ますと鼈甲飴《べっこうあめ》のように固まる。それがおいしい。

夫の知人が無花果農家をしていて、売り物にならない無花果を段ボール箱一杯もらって来たことがある。嬉々として食べる私の姿が印象的だったのだろう、夫はそれ以来たわわに実った無花果の木を見ると、「食べないならもらってあげるのになぁ」と言うようになった。

ある日、夫とシロと夕方の散歩へ出かけたときのこと。散歩コースの中でも一際大きな無花果の木がある畑で、仕事中のご婦人を発見した。夫は持っていたシロのリードを私に預け、ご婦人に声をかけた。普段は寡黙な夫が饒舌に話し続け、「そんなに好きなら」とご婦人は次々にもいでくれた。私が止めても食べごろを探してくれる。夫も散歩用バッグからレジ袋を取り出して待っている。あっという間に袋が一杯になった。

時々夫には驚かされる。夫も私も旅行が好きで、シロと暮らすまでは国内外問わずよく出かけたものだ。普段は人見知りなところがある夫だが、お土産を買うときは一変する。値切るのだ。民芸品に食品、免税店のブランド品まで、ところ構わず相手など気にしない。私が商品を選ぶまではボンヤリしているのに、お会計の段になるとスイッチが入る。夫には申し訳ないのだが、値切る夫の横にはいられない。恥ずかしくて胃が痛くなるのだ。少し離れたところで終わるまで待つことにしている。

グアムに行ったときにフェラガモのバッグが欲しくなった。いつもはナップザックばかりで高級ブランドのバッグは必要ないと思っていたのだが、黒色の柔らかい皮のバッグにときめいてしまった。落ち着いて考えると、バッグに似合う服を持っていないし、出かけるところもない。何より我が家にとっては高価な品だった。分不相応だと自分に言い聞かせていたとき、夫がいないことに気がついた。日本語しか話せないはずなのに店員さんと何やら話し込んでいる。笑顔で戻ってきた夫は「安くしてくれるって」と満足気だった。

スイッチが入った夫は止められない。無花果をいただいたときも図々しかったにちがいない。こころよく対応してくださったご婦人にお礼が言いたくて、翌日からご婦人の畑の周辺をウロウロする日が続いた。そんなある日の夕方、畑にご婦人を見つけ声をかけた。すると、袋に入った無花果をくださった。なんでも、その日の昼間に我が家へ届けに来てくださったという。留守だったから、散歩中の私たちに会ったら渡そうと畑仕事のかたわらに準備しておいてくれたのだ。

名前も住所も知らないはずの我が家にどうやってと思っていると、「うららちゃんの家で聞きました」と言う。うららちゃんとは、近所に住む白柴の女のコ。シロとは白柴同士ということもあり、散歩中に出会うとついつい話し込んでしまう。そんな私たちを見かけて覚えていてくれたらしい。住所もわからない我が家を探し、わざわざ届けようとしてくださったご婦人の姿や、我が家の場所を丁寧に教えるうららちゃんパパの姿を思い浮かべると、ありがたかった。その後、もう一度「これで無花果はおしまい」と言いながら我が家へ届けてくださった。

シロのポタジェには今、二本の無花果の木がある。二〇一八年に植えて翌年初収穫できた。ご婦人に無花果をいただいたときから三年後の秋だった。

レプラコーン

長靴を履くと畑仕事をするエネルギーが湧いてくるようで、この瞬間が好き。男性がネクタイをしめたときに仕事モードに切り換わるというのに似ているのかもしれない。不思議だが力持ちになったような気持ちになる。重たい肥料の袋だって持ち上げられる。シロのポタジェではモンクワという農作業着専門メーカーの「アグリロングブーツ」のオリーブ色を愛用している。

お出かけ用の長靴もある。日本野鳥の会の「バードウォッチング長靴」だ。メジロ色を愛用している。これは、柔らかいので小さく巻いて巾着袋に入れることができ、持ち運べるから便利だ。

シロと一緒の旅行だと、犬も泊まれる宿に宿泊することになる。宿の周辺には散歩道が設けられていることが多く、ぬかるんだ場所などを散歩することもある。そんなときも汚れを気にせず、普段はなかなか経験できないワイルドな散歩を楽しむことができる。

幼いころ、どんな長靴を履いていたのか記憶がない。それどころか、靴の良い思い出があまりない。

四十歳になった二年前、体力が落ちたと感じ、スポーツジムにでも通おうと、運動靴を求めスポーツ用品店へ行った。陳列されている運動靴は多種多様で、あまりの数の多さに面食らった。店員さんにフィットネス用はどれか尋ねると「まず足を測りましょう」と言う。ふくらはぎまでおさまる四角い箱に足を入れ、数秒待つ。それは、足を立体的にスキャンする機械で、詳細なサイズが測れるのだとか。

測定結果を見ながら説明を受けた。どうやら私の足は珍しい形をしているようだ。長さに対して、甲

が細い。その比率は極端で、店員さんは「初めて見る数値です」と驚いていた。欧米人に多い形らしく、日本のメーカーの靴ではフィットするものは少ないという。なるほど、今まで一度も満足のいく靴に出合えなかったわけだ。調べてもらうと、私に合う靴は一足しかなく、形も色も好みのものではなかったが、サイズはぴったりだった。その初めての感覚を味わううち、ノスタルジックな気持ちになった。

あれは、幼稚園のお昼寝の時間。なかなか眠れない私に先生が靴の妖精レプラコーンの話をしてくれた。毎回ちがう話だったから物語はあまり覚えていないが、「人に優しくする人だけに、ぴったりの靴を作ってくれるけれど、いじわるする人にはいたずらをする。でも眠っている時にしか現れないから、おやすみ」というきまった結末だった。

中学生のころまでだろうか、レプラコーンの存在を信じていた。合わない靴を履き続け、いつしか忘れていたが、一足だけの運動靴はレプラコーンからのプレゼントのような気がしてならない。きっと今も姿を潜めて見ているだろう。いたずらされないよう、人に優しくしながら年を重ねていこう。

キュウリ

一番好きな野菜はキュウリだ。海外旅行中など、キュウリが食べられない日が続くと、落ち着きがなくなる。

野菜を育て始めて最初に買ったのがキュウリの種だ。「一株にたくさん生るから」と夫に説得され、五株だけ育てることにした。三月二十二日、苗ポットに種をまいた。一週間ほどして発芽したときは思わず声が出た。キュウリの双葉は、桜の花びらくらいの葉が二枚で予想以上に大きい。どれくらいの時間見つめていただろうか。その両手を広げているような双葉の姿に興奮した。

本葉が四、五枚になった四月三十日、ポタジェに定植した。その後順調に成長し、七月に入ったころには、毎朝十本ほど収穫できるようになっていた。いよいよキュウリの季節本番と思うとニヤニヤしてしまう。

醤油や砂糖などと一緒に煮込み「キュウリのキューちゃん」風に調理すれば冷凍保存ができると知り、食べきれないキュウリ三キロを保存した。

そこから、連日四〇度近くの猛暑日に突入した。株に元気がなくなり、成長が止まった。「キュウリ農家もお手上げ」とニュースで報道していて、専門家がお手上げなら仕方がないと納得した。そして、八月の初めに株をたおした。

冷凍保存したキューちゃんがなくなるころ、園芸店で「秋どりキュウリ」の種を見つけた。晩秋まで収穫できるとある。ところが、「がんばれがんばれ」とキュウリの株におくった私の念も虚しく、数本収穫しただけで枯れてしまった。この年は記録的な猛暑日を記録した夏だった。からだを壊さず、どうにか乗り越えられた。それだけでも畑仕事一年生にしては上出来だろう。

次の年は、日照不足で不作だった。それでもスーパーにはキュウリが並んでいた。農家さんの専門的な知識や経験、努力の賜物をいただいているのだと改めて痛感した。

自分で育てた野菜は格別なのだけれど、スーパーに並ぶ野菜の美味しさにも驚かされる。たとえばリーフレタス。シロのポタジェ産のものはエグ味がありワイルドだと感じるが、プロの育てたものは柔らかいのにシャキシャキしていて甘い。きっと土作りから手入れまですべての工程が私の方法とは違うのだろう。

地球全体の気候が大きく変化してきていることをテレビなどで知るのだが、スーパーには毎日ピカピカの野菜が並ぶ。野菜作りを始めて「農家さんはスゴイ」という当たり前のことを知ったのだ。

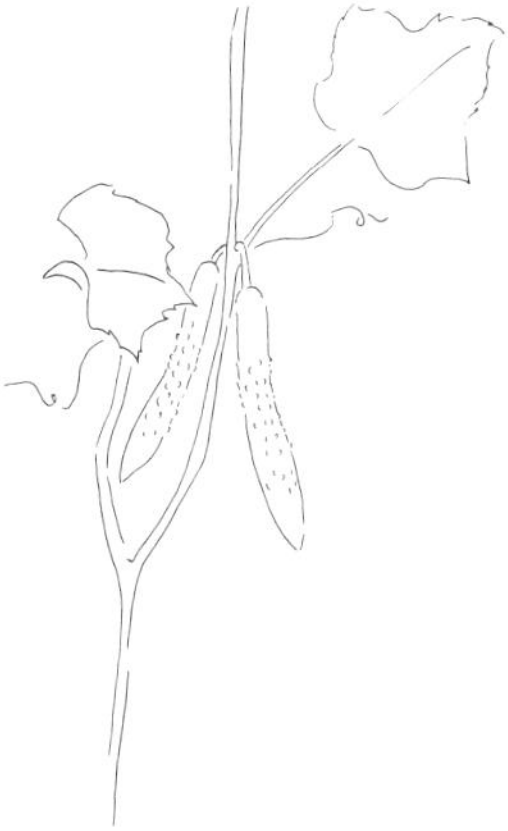

いちごジャム

今は、二十四節気の「霜降《そうこう》」一段と秋が深まり初霜の便りが聞かれるころ。二週間もすれば「立冬」となる。

シロのポタジェでは越冬野菜の準備をしている。グリーンピースなどの豆類は今が種のまき時だ。苺《いちご》の苗も定植時期で、今年は五十一株植えた。昨年購入した七株から株を増やしたのだ。一畝に二条植えに並んだ五十一株の苗は壮観だ。「一株に三粒ほど実るとして、一五〇粒以上は収穫できる」などと数字音痴の私が計算しては、ほくそ笑んでいる。欲張るのには訳がある。苺ジャムを作りたいから。

小さいころは甘い物が食べられず、苺ジャムは苦手な食べ物のひとつだった。赤くてかわいらしい見た目と、名前の響きに憧れはあるのだけれど、喉が焼けるような感覚になり飲み込めなかった。

「飲み込めない」といえば。小学二年生のとき、母と姉とでハンバーガーショップへ行った時だった。セットメニューに加えて姉はバニラシェイクを、私はヨーグルトシェイクを注文した。甘い物でもヨーグルトのような酸味があるものであれば大丈夫だったから。けれど、出されたシェイクは両方ともバニラ味だった。酸味も塩味もない甘いだけのものをどうしても飲み込めず「これいらない」と母に差し出した。その日は一日中怒られ続けたのを覚えている。「自分で注文しておいて残すなんて」ということなのだろう。

「食べ物の好き嫌いは駄目」と親に教えられたから、大抵のものは我慢して飲み込んでいた。だから、

私が甘い物が飲み込めないとは母も知らなかったのだ。

二十歳ころから少しずつ甘い物が食べられるようになり、社会人一年目のころ薯蕷《じょうよ》饅頭を一個食べられるようになっていた。そのころ料理上手の友人が私にと、甘くない苺ジャムを作ってくれた。苺の形が残っていて、酸味が強めで花のような香りがして、とてもおいしかった。友人のおかげで初めてジャムを一瓶完食することができた。今は、甘いものがない毎日なんて考えられないほどになったから、ケーキもアイスクリームもお饅頭も大好物だ。市販の苺ジャムも今なら食べられる。

「シロのポタジェの苺ジャム」がたくさんできたら、今度は私が大切な人にお裾分けをしたい。こんな私の期待を受けながら、苺の苗は冬を迎えようとしている。

サヤマカオリ

シロのポタジェに植える果樹を探しに、苗木店を訪れた時のことだ。蜜柑《みかん》や柚子《ゆず》の苗木を選び、会計場の前まで来て、お茶の木も見たいと思い立った。自分でお茶の葉を作ることに、以前から憧れていた。

小学一年生のころ、近所のご婦人が時々「番茶」を届けてくれた。手の甲と頬がぷっくりと丸かったその方は、腰も丸く曲がっていて、ゆっくり時間をかけて我が家まで歩いてこられた。我が家の上り框《かまち》に腰をかけ、息を整えると「うちで作った番茶なの。口にあうかわからないけど、飲んでみて」と恥ずかしそうに言い、番茶を置いて、家には上がらず帰られた。

それは、お茶の葉というより、ビニール袋に詰められた落ち葉のように見えた。けれど、とても香ばしく、やわらかな味だった。今でもおいしかったお茶として一番に思い出すのはこのお茶だ。

「自分でお茶を作るなんて、一体全体どういうことだろう。しかも売られているお茶よりおいしいなんて、おばあちゃんかっこいい」とずっと思っていた。

苗木店には三種類のお茶の木が並んでいて、迷った。苗木の前で、スマートフォンで調べてみると、お茶の木にはたくさんの品種があることがわかった。あのご婦人の家の木はどの品種のものだったのかわからないから、「サヤマカオリ」という比較的病気に強いとされるものを購入し、シロのポタジェに植えた。

植えてから一年が経った秋、お茶の木は白い花を咲かせた。花は直径三センチほどで小さいが存在感がある。お茶の木はツバキ科、きれいなわけだ。一般的な茶畑では、茶葉に十分な栄養がいきわたるように花の部分を早くに摘み取ってしまうため、なかなか見ることができないらしい。健康な茶葉も育てたいし、花の姿も楽しみたい。摘み取らなければいけないが、摘み取りたくない。私を困らせるお茶の木から採れる茶葉は、どんな味がするのだろうか。

あんなに、憧れていたお茶の葉作りだったのに、調べてみると知らないことばかりだ。順調に育てば、三年後のゴールデンウィークごろには茶摘みができるらしい。それまで、しっかり勉強しておこう。まずは若葉で緑茶に、それから番茶。きっとあのご婦人の味に近づくまでには、時間がかかるはず。枯らさないように大切に育てていきたい。

通報します

シロのポタジェに犬のフンが落ちていた。

シロがポタジェに入ることはないから、シロのでないことは明らかだ。野菜を作るために鶏フンや牛フンを買ってまいている。けれど犬フンはだめだ。憤った。愛犬家でも許せない。愛犬家だからこそ容認してはならないのだ。

飼い主が愛犬のフンを持ち帰らないこともだが、誰かの土地でトイレをさせる感覚が理解できない。理解できないことは他にもある。散歩中、犬をノーリードで歩かせたり、公園のベンチに座らせたり、抜け毛の季節に田畑でブラッシングしている飼い主など。挙げ始めるときりがない。自分の幼子の手を繋がずに車の往来が多い道路を歩かせたり、土足のまま電車の椅子に立たせたり、お隣の庭で髪を切るのと同じ行為のはず。なぜ、犬となると大丈夫だと思うのだろうか。

犬を擬人化して飼育するべきと考えているのではない。犬は犬なのだから、犬のもつ本能を満たしてやりたいと日々思う。けれど、飼うと決めた以上は、人間社会のルールやマナーを犬にも強いなければならない。犬を守れるのは飼い主なのだから。

一人嘆いていてもしょうがない。そこで、ポタジェの入り口に看板を立てた。「犬にフンをさせたあなた。フンを持ち帰りなさい。警察に通報します」。警察に通報するつもりはないが、フン尿被害についてネットで調べたところ、この言葉で「改善があった」と見つけたのだ。

意気込んではみたものの、自分で書いた強い言葉を見るたび憂鬱になり、畑仕事が楽しくない。だから二週間ほどして看板は撤去した。

フンは、今のところ増えた様子はない。「場所をかえただけ」となっていないとよいのだが。犬のマナー違反が原因で、本当に誰かが警察に通報されるようなことがあってはならないと思うのだ。

発芽

私のお気に入りの場所は、種売り場。

ホームセンターや園芸店などのコーナーをついつい覗いてしまう。気がつけば二時間経っていたなんてこともある。

収穫もうれしいが、野菜作りで一番好きな瞬間は発芽だ。育苗ポットに種をまき、一週間ほどして双葉が出た時は「発芽の舞い」を踊る。土をもちあげ双葉が開こうとしている姿に、なぜか興奮する。夫が見ていようが、シロが不思議そうにしようが構わない。「でーた、でーた、双葉がでーた」と歌いながら踊る。

種袋には一〇〇粒以上入っているものもあれば五粒ほどしか入っていないものもある。五粒しかないとプレッシャーを感じる。発芽するまで心配で仕方がない。発芽しなかったら、種を買いなおせばいいじゃないかと自分でも思うのだが、そう簡単には割り切れない。発芽しなかった育苗ポットを見ると申し訳ない気持ちになり、なかなか処分できない。我ながらバカバカしいが、種がかわいくて仕方がないのだ。

サニーレタスの種は鼻息で飛んでいきそうなほど小さくて軽い。双葉も小さくて弱々しいのだけれど、葉が幾重にも重なったレタスにまで成長する。かぼちゃの種は比較的大きい。けれど、あの種からとは思えないほどの蔓を伸ばし大きな葉をつけ、硬くて重い実を結ぶ。種は神秘的だ。

西洋野菜などの馴染みの薄い野菜も、苗より種の方が種類豊富のようだ。ズッキーニやコールラビなど。種袋を見つけると必ず買ってしまう。育てたものの食べ方がわからない野菜もある。ビーツを収穫したときは、ボルシチを作った。ロシアへ旅行したことはないし、ロシア料理のレストランにも一度も行ったことがない。だから、正しいボルシチがわからないまま食した。

種は月のあかりで発芽すると聞いたことがある。調べると「バイオダイナミック農法」という言葉が出てきた。これは、ドイツのルドルフ・シュタイナーが提唱した有機農法だ。自然がもともともっている力を最大限に引き出し、農薬や化学肥料は使わないというもの。単に技術のことを言っているのではないらしい。地球と共存するための方法であり、信念でもあるのだろう。

地球に生きるものは太陽や月の満ち欠け、惑星の運行などに強い影響を受けるという考えに基づいた「農業暦」にしたがって、種まきや収穫をおこなう。「新月に種をまき実るのは満月」とか「新月の間に伐採された木は腐りにくい」など、実際、月の満ち欠けが書かれたカレンダーがあり、参考にしている方がいるということだ。私にはまったく感じない月のパワーが、植物には大きな力になっているらしい。

今、種子法が話題だが、栽培した野菜はできるだけ採種したいと思っている。採種を続けると、その畑で強く、その畑らしい味に育つのだとか。シロのポタジェの味はどんな味だろうか。

二〇一八年一月、「シロのポタジェ」がスタートした日です。
「畑をやりたい」と言ったものの、家庭菜園には広すぎると感じて不安でした。今では、ちょうどいい広さだと思っています。

かたちから入るタイプ

シロのポタジェを耕しはじめて、体内時計の設定が変わった。早起きが大の苦手だったのに、最近は五時前に目が覚める。朝食を作り、食べてからシロと一時間の散歩に行き、家事を済ませたあとポタジェへ出かける。二時間ほど体を動かせばお腹が鳴り始めるから、作業が途中でも引き上げて昼食にする。

午後からは近所のスーパーで買い物をしたりする。困るのは、服だ。会社勤めしていたころに着ていた服での畑仕事は厳しいし、一日に何度も着替えるのは面倒だし、ずっとジャージで過ごすというのも乙女心が了承しない。

そこで「ワンマイルウェア」を探すことになった。私のワンマイルウェアの定義はこうだ。体温調節がしやすく、動きやすく、家の洗濯機で毎日洗え、近所への外出も大丈夫というもの。動きやすさについては特にこだわった。たとえば夏、トップスは暑くなく紫外線をカットしてくれて、ゆったりしているけれど細身に見えるもの。ボトムスはストレッチが利いていて股上が深いもの。ウエストがゴムであることは絶対条件だ。おまけに座ったり立ったりが楽で背中が出ず、長靴に裾をしまってもかさばらないものを探した。

これらの難題をクリアしてくれたのはファストファッションのお店だ。「今っぽさ」もあって、安価な服ばかりでありがたい。ポタジェ一年目の夏に活躍したのはシャツワンピースにレギンスだった。

まずは格好から入った野菜作りだけれど、鍬《くわ》や熊手などの農具も少しずつ揃い始めている。そして、二年目の春。とうとう耕うん機を購入した。ホンダの「サ・ラ・ダFF300」だ。「鍬一本で頑張る」と豪語していたわりに体のあちこちを痛がる私を心配したのだろう。夫の決断だった。

納車当日、軽トラックに積まれてやってきた耕うん機をシロのポタジェまで運んでもらい、販売店の方からレクチャーを受け、初運転した時は驚いた。鍬で一日かかっても耕せなかった広さを小一時間ほどでフカフカにしてしまったのだ。

私の愛車は耕うん機だけではない。一輪車もある。なかなかのイケメンだ。一輪車をイケメンというなんて我ながらバカバカしいけれど、色も形も気に入っていて自慢の愛車なのだ。車庫がない我が家では、車は野ざらしだが耕うん機は玄関の中に入れている。玄関が狭くてしょうがないが、ちっとも苦にならない。買ってくれた夫に感謝している。

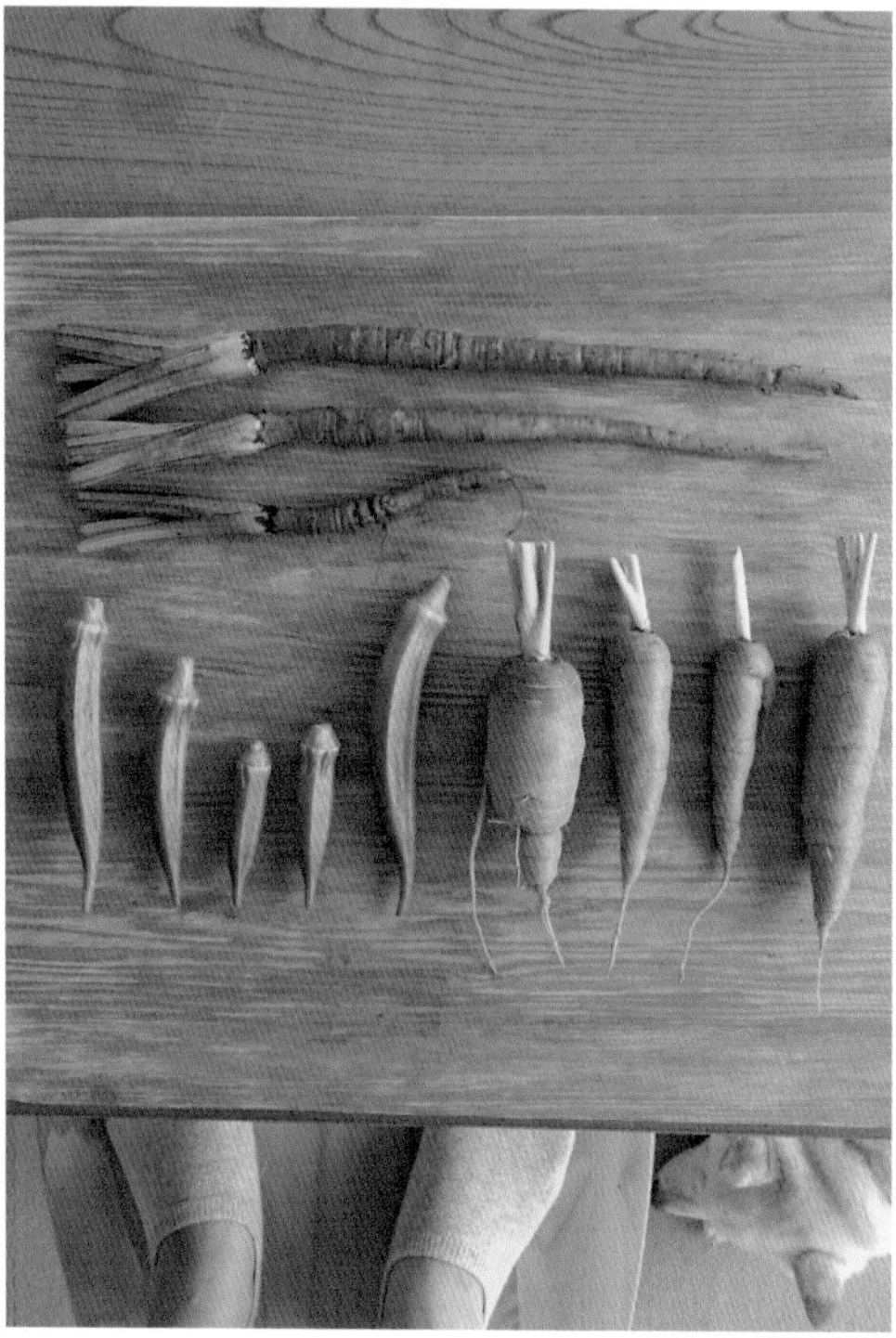

第2章　犬のいるくらし

ハッピーバースデー

シロとの出会いは七年前の四月。近所のショッピングモールのペットショップを覗いたときだった。シロは、生後五カ月半が過ぎ、仔犬とはいえないくらいにまで成長していた。ガラス張りの小部屋から出され、サークルと呼ばれる一畳ほどの柵に入れられ、客が自由に触れられる状態で売られていた。明らかに売れ残っていて、値札には「値段交渉できます」と書かれていた。柴犬というより狐のようで、仔犬のコロコロとした感じはなく、体も顔も細かった。そのわりに他の柴犬より高値がつけられていた。それらが売れ残った理由だったのかもしれない。

不憫に思え、サークルの前で腰をおろした。「へー、こんな白い柴がいるんだぁ」と、何気なくサークルの隙間から手を入れ触れてみる。と同時にシロが背中を預けてきた。ふわふわでやわらかく、背中の毛足は見た目以上に深い。その間シロは緊張したような表情でずっと下を向いていた。「電気が走る」などという表現をそれまでは大げさに思っていたけれど、確かにそのとき、私の中に何かが走った。

犬を飼うなんて思っていなかった。夫は以前辛いペットロスを経験していて、ペットショップを覗いても「見るだけ」と私に念を押していたし、私も納得していたのに、抱っこまでしてしまったのだ。

あまり、覚えていないけれど「このコと暮らしたい」と私が言い出したのだと思う。それから二日間夫と私は話しあい、ペットショップに通った。一度仮予約をしたのに、「そんな簡単に生き物を飼ってしまって良いのだろうか」と仮予約を撤回し、その間、シロはお店の奥に引っ込められたり出されたり。ちゃんと飼えるだろうかという不安を抱えたまま、結局三日目の夜家に連れて帰ることになった。

はじめての夜は一睡もできなかった。夫も私もシロもとても緊張していた。最初の一カ月間、シロはずっと緊張していて、ほとんどの時間をサークルの中で過ごした。私たちに寝顔を見せたのは、一カ月後だった。

あのころのシロはワルだった。私たちが近づくだけで唸り声をあげ威嚇し、少々のことでも噛みついた。散歩に出ても、すぐに帰りたがり、アスファルトの上でひっくり返ったままギャンギャンと吠えながら抵抗していた。狂犬病の予防注射を打つため、初めて病院を受診した日も牙を剥いて大暴れ。獣医さんに「このまま放っておくと大変なことになります」と、ダメ犬の烙印を押されたのだった。

そんなシロを更生させてくれたのは、ドッグトレーナーのY子先生だ。私たちと同世代の先生は、エキゾチックな顔をした美人ドッグトレーナー。シロは先生と一緒の間、私たちには見せない「ハンサム風の顔」を絶やさない。

シロと暮らして初めてのお正月、私たちが家を空けるため、Y子先生がシロを八日間預かってくださることになった。預けに行った日も、迎えに行った日も私たちの心配をよそにシロは、それはそれは楽しそうだった。嫉妬するほど。

そして、その「お泊り」から帰宅したシロは驚くほど変わっていた。散歩中、威風堂々と胸を張って歩き、誰にでもエレガントな表情で挨拶する。先生のお宅には、当時三頭のジャーマンシェパードの他にも数頭犬がいて、その専門家の元で育てられたスーパードッグたちの中で、シロはいろいろと学んだのだろう。残念ながらエレガントな表情は、帰宅後三日ともたなかったが、ワルは卒業したようだった。

今ならわかる。ワルだったのではなくて、怖かったのだと。一生懸命自分で自分を守ろうとしていたのだろう。シロは今日七歳になった。一日のほとんどを寝て過ごすのんびり屋として暮らしている。

（二〇一九年十二月四日）

シロの診療報酬

シロの喜ぶ顔が見たくて、ついつい犬用おやつを買ってしまう。

シロと生活していると、あまりの愛らしさにお礼がしたいが方法が見つからない、ということがよくある。たとえば会話。「犬には言葉が解らない」と思っていたが、シロは私と夫の話す言葉を理解している。寝かしつけるときも、うとうとしているシロに「寝よっか」と声をかければ、トイレを済ませて自分の寝床に入っていく。まだ起きていたい日は聞こえない振りをするけれど、私たちが強めに名前を呼べばあきらめて寝る。なのに、私ときたら、シロの考えていることがほとんど解っていないから申し訳ない。

お礼をしたいことは他にもある。結婚して十八年、私たちには子どもがいない。できたらいいなと思っていたが、できなかったのだ。体質改善に不妊治療、神頼みまで、できることはすべて挑戦した。挑戦し尽くしたことと、治療を続けた体が悲鳴をあげていたこと、年齢的なことなどから、結婚して十年が過ぎたころ、夫と私は頑張ることをやめる決断をした。それは「子どもをあきらめる」ということに限りなく近く、なかなか受け入れられなかった。あるときは、街で会ったご婦人の、お孫さんをあやす柔らかい声に突然涙があふれ、止まらなくなることもあった。

そんなころ、一緒に暮らし始め、私の乱れた体と心を整えてくれたのがシロだった。食事、排泄、散歩、遊び、いたずら、睡眠。犬にとっては当たり前の、彼のシンプルな毎日が、私の頭の中もシンプルにしてくれた。

それでも気持ちがどんよりした日、重たい体を壁に預けて座っていると、シロがゆっくりと私の横に伏せ、私の足の爪先にそっと前足をのせて、私と同じ方向を見る。スキンシップが苦手なはずなのに、五分も十分も私に撫でられている。私の足の爪先に触れたシロの肉球が、少しずつ温かくなって、やがてシロは眠ってしまう。眠ってしまうのだけれど、私はうれしい。そして、少し体が軽くなるように思うから、これを「シロ先生の手あて」と呼んでいる。

こうして、私の主治医となったシロは、今でも時々、私の調子が悪いときは手あてをしてくれるが、シロが私に多くを求めることはない。診療報酬も少量のジャーキーかクッキーと決まっていて、良心的なのだ。けれど、これでは私の気が済まない。きっとこの先も、私が与えるよりも多くのものを私に与え続けてくれるだろうシロに、犬用おやつ以外に気の利いたお礼はないものかと探している。

ビギナーズラック

シロには大好きな人がいる。相手はドッグトレーナーのY子先生。先生の車の音を聞いただけで有頂天になるほど大好きな人だ。

先生には、シロが生後七カ月ころからお世話になっている。噛み癖をなおすために始めた訓練だったが、続けるうち、訓練競技会へ夫とシロのペアで出場することになった。

課題は、直線距離にして三〇メートルのコの字のコースを脚側行進で二往復し、続けて、お座り、待て、おいで、伏せ、立ってなどをするのだが、脚側行進の二往復目からは、リード無しで行わなければならない。脚側行進とは、犬が人の左横について人の歩調に合わせて歩くこと。信頼と服従が完璧なペアの犬は、人の目を見たまま歩ききる。我が家のシロは、そんな健気なタイプでも、できる男タイプでもなく、競技会までの半年間猛特訓が続いた。先生との訓練や散歩中はもちろん、庭でも家の中でも、時と場所を選ばず夫も私もシロを相手に訓練を繰り返した。

しかし競技会間近になっても、アイコンタクトはおろか、風が強い日は、落ち葉を追いかけるのに夢中になってしまうしで、結局一度も課題を成功させられなかった。競技会に参加するレベルでないことは明らかだった。「最初は皆うまくいかないものです。今回は、競技会の雰囲気を楽しみましょう。当日は私も行きますから」と、Y子先生は励ましてくれたが、競技の途中シロが暴走するという悪夢を見て以来、私は競技会が大雨で中止になることを願っていた。

そして、いよいよ競技会の朝。少し雨が降っていた。初めて雨を経験したシロは、自分に降りかかる雨粒が気になって夫の指示が聞こえない。雨に濡れた芝生が気持ち悪いのか、お座りをしたがらない。私が望んだのは大雨であって、小雨ではない。空を恨んだ。

他のペアの様子も気になるが、出番の直前までコースの脇で脚側行進を続けた。幸い少しずつ雨にも慣れてきたので、なおも訓練を続け、そのまま出番。一往復目は順調。そして、ここからだ。二往復目の前にいよいよリードがそっとはずされる。緊張が走る。シロは、リードがはずされたことに気付いていない様子で、二往復目も夫について歩ききった。「すごいすごい」と、Ｙ子先生と私。緊張が興奮に変わっていく。その後もどんどんシロの集中力は増していき、最後まで課題をこなしていった。奇跡がおこった。競技会で初めて完璧に成功したのだ。なんと結果は八組中二位。成績表を確認して駆け寄って来る先生と手を握り合って喜んだ。

表彰式を待つ間、先生とシロは終始楽しそうにしていて、デートを楽しんでいるかのようだった。他の犬もパートナーと一緒に楽しそうにしている。数十頭の犬が穏やかに過ごしているこの世界は、シロと先生に出会わなければ知ることがなかった。感謝をしながら二人を眺めた。

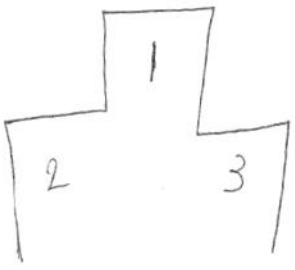

ひとり息子

シロのかわいい姿をずっと見ていたいから、何があっても私が守ると心に決めていた。

ところが、以前シロの食べる姿に異変が起きてしまったことがある。シロが一歳半のころだ。大好きな卵ボーロをおやつにあげると、一度口に入れ、すぐにペロッと吐き出し、床に転がった卵ボーロを見て、お座りしたまま全身をガタガタと震わせ、弱々しく私を見つめている。消化不良を起こし、気持ち悪さで水が飲めなくなったときでさえ拒まなかった大好きなおやつなのに。

原因は、その直前に三週間入院していたからだろう。入院中、病院の方々が、怖がりなシロのために、様々な処置の度おやつを与えるなどして工夫してくださったとのこと。皆さんの工夫のお陰で無事退院できたのだが、長い入院生活のなかでシロは「おやつ」と「怖いこと」が結びついてしまったようだ。

入院に至ったシロの病名は、右膝蓋骨内方脱臼。右の後ろ脚の膝のお皿がはずれる病気で、執刀医の説明では、シロの場合先天的に脱臼しやすい素因があったのだとか。レントゲンに映ったシロの脚の骨は、細く湾曲していて、膝を支えている筋も緩く、お皿が収まっている溝も浅い。だから、少し捻っただけでお皿がはずれてしまうというのだ。

膝のお皿がはずれる時に激痛が走るようで、シロはギャンギャンと泣き、痛がった。初めて痛がってから、二度かかり付けの病院を受診するも「特に異常はありません。様子を見ましょう」と言われるだけだった。「様子を見ていて明らかにおかしいから診てもらいにきたのに。異常ないはずがないのに……」

と、もどかしかった。その後もシロの脚はみるみるうちに悪化し、普通に立っていることさえ難しくなった。心配でどうにかなってしまいそうだった夫と私は、かかり付け医に懇願し、大きな病院を紹介してもらい、祈る気持ちで受診した。受診後すぐに病名も明らかになり、入院、手術となったのだ。手術は成功し、三カ月ほどの自宅療養で元の生活に戻れると説明を受けた。

退院後、病院でもらったレポートを読んで怖くなった。「脱臼を長く放置すると手術しても完治せず、歩行障害が残る場合もある」とあったからだ。もし、あの時セカンドオピニオンを躊躇していたら、絶対に守ると心に決めたはずのかわいいひとり息子を守れなかったかもしれない。尻尾をふわふわと揺らしながら、うれしそうに散歩道を歩く彼を。

あれから六年が経ち、シロは今散歩を毎日楽しんでいる。おやつ好きもすっかり元に戻っている。

お供はつらいよ

「わたくし、父犬も母犬も柴犬です。愛知県安城市で産声をあげ、姓は平林、名はシロ太郎、人呼んでシロと発します。わたくし不思議な縁をもちまして生まれ故郷に首輪を脱ぎました。あんたさんと御同様、この空の下、田んぼ広がるこの田舎町に寝床があります。わけあってわたくし、荷物はいっさい持ちません」

自由を愛し、人は大好きだが、抱っこは嫌い、いつだって裸と決めている我が家のシロには、この口上がよく似合う。「フーテン」と呼ばれた寅さんでさえトランクを持っていたのに、シロは一度も自分の荷物をくわえて歩いたことがない。そんなわけで、シロと一緒の外出ではシロの荷物を私が持たされることになる。

旅行のときは、トイレの失敗や体調不良など、考えつくかぎりの緊急事態を予測し準備する。そのため、日帰りでも泊まりでも、車はいつもシロの荷物でギュウギュウになる。

なかでも一番幅を取るのはクレート。クレートとはいわゆるケージのこと。外敵から身を守るため、犬は小さな巣穴を掘ってその中で休む習性があるそうだ。それを利用して、移動や寝床に使用できるようペットショップなどでいろいろな種類のクレートが売られている。我が家では幅四七センチ、奥行き六七センチ、高さ五一センチのプラスチック製のものを使用している。安心できる場所のようで、一度クレートに入ってしまえば長い間静かにくつろいでいてくれるから、病院を受診するときなどは重宝する。

けれど、膝が悪くなったときは難儀した。「なるべく歩かせないで下さい」と獣医さんに言われたため、クレートに入れたまま家から診察室までシロを運ぶことになった。シロを入れたクレートは重さ一〇キロを超える。一人で運ぶには重たいし、シロの足も心配なので不安定にならないように夫と二人で運ぶことに。声を掛け合い、息を合わせ慎重に運ぶ。病院の扉の前でクレートを一度床にそっと置き、扉を開け「せーの」で持ち上げ入室、またクレートを床に置き、扉を閉め、再び「せーの」で運ぶ。その様子は我ながら仰々しく、シロが入ったそれは、もはや大名駕籠《かご》と化していた。

そして、大名駕籠で受診したある日待合室の椅子に腰かけると、向かいの椅子にトートバッグが置かれていた。そのトートバッグから小さな犬が顔を出していて、一方向を見たままじっとしている。犬種はおそらくチワワ。すぐに飼い主さんと思われる若い男性がチワワの視線の先にあるトイレから出てきた。そのあと、男性は慣れた様子でトートバッグをヒョイと肩に掛け、そこからお財布を出し、会計を済ませて帰っていった。

なんとスマートなことかと彼らの姿に感動していると、足元で大名駕籠がカンカンと音を立てて揺れている。「どうした?」と覗き込むとシロが後ろ脚で頭を掻いていた。これだからしょうがない。どこまでもお供しますとも。

シロスイッチ

シロと暮らして二度目の夏だった。プロ野球の試合を見に球場へ行くため、心を弾ませ夫と電車に乗っていた時のこと。向かいの席に野球チームのグッズで身を固めた親子が座ってきた。子どもは小学低学年ぐらいの男の子で、お父さんにくっついて行儀よく座っている。二人はとても静かで、強い日差しを浴びたまま流れる景色をだまって見ていた。それはまるで応援のためのエネルギーを充電しているみたいだった。私たちの目は男の子に釘付けになっていた。「あの子、かわいいよ」と、小声で私。「うんうん。目が透き通っとるね。シロみたい」と、夫。日差しを浴びた男の子の目は茶色く透き通っていて、何かに集中しているときのシロの目によく似ている。「きれいだね」と、同時にふたり。同時に同じ言葉が出てきたことと、シロの目に似た男の子に出会えたことで、私はますます心が弾んだ。

球場近くの駅に着き、電車の扉が開くと同時に飛び出して行く親子を見送りながら、楽しい試合になるようにと祈った。

それ以来、私は小さくて愛くるしいものを見るとすべてシロに見えるようになってしまった。手芸用品店で白い毛糸の玉を見ただけでもニヤニヤしてしまう。友人には「親バカもここまでくると重症だね」と、ズバリ言い当てられてしまったが「親バカですけど何か」と開き直った私のそれはますます拍車がかかり、とうとう姪を「シロ」と呼んでしまった。犬の名前に呼び間違えた申し訳なさと恥ずかしさで身体中が熱くなり、湯気が出そうだった。シロのことばかり考えているからだと反省した。

それから、私の子離れ大作戦がはじまったのだ。子離れといっても、私の場合「シロは犬」ということを強く認識し、他のかわいいものをうっかりシロと呼んでしまわないことを目標、目的としている。我ながらいったい何をいっているのやらと思うが、重症だからしかたがない。友人の子育て話を聞いているときも、つられて「うちのシロもねぇ」とか言ってしまわないように気をつけたり、会話中も丁寧に友人の子の名前を呼んでみたりする。そうしているうち、頭の中のシロスイッチのオンとオフの切換えができるようになり、シロの顔がチラつくことなく、会話中の相手に集中できるようになっていた。

そんな矢先、シロの膝が悪くなり入院、手術となった。三週間の入院中、心配と寂しさでシロの存在がどんどんと膨らみ、せっかくできたシロスイッチはあっという間に壊れ、今度は「重症だね」と言った友人を「シロ」と呼んでしまった。

あれから六年、シロの膝は快復したが、私のシロスイッチは壊れたままだ。

おかげ犬シロの今昔物語

お伊勢参りが盛んだった江戸末期、伊勢まで行けない主人の代わりを務めたという「おかげ犬」。犬には注連縄《しめなわ》や旅費、主人の住所が書かれた木札などがつけられ、道中の旅人や街道の人々に支えられながらお伊勢参りをしたといわれている。

その時代を生きた「シロ」がいる。福島県で庄屋を営む市原家の飼犬で、白毛の秋田犬。病気の主人に代わり、二カ月かけてお伊勢参りを成し遂げた。帰宅したシロの首に結ばれた頭陀袋には、皇太神宮のお札と奉納金の受領や餌代を記した帳面と旅費の残りが入っていたという。シロはその三年後に亡くなり市原家の菩提寺である十念寺に眠っている。シロの形をした石造付きのお墓が建てられ、今も丁寧に弔われているのだとか。（文化・文政年間一八〇四年〜一八三〇年ごろの出来事といわれている）

さて、我が家のシロも、数年前の春、夫と私と一緒に三重県へ一泊旅行に出掛けた。伊勢神宮では外宮、内宮ともに衛士見張所があり、それより先はきわめて神聖な場所であるとされ動物は入れない。衛士見張所で犬を預かってはくれるのだが、シロが可哀想に思え、おかげ横丁を散策することにした。そこで、疑問がわく。昔のシロも中へは入れなかったはず。首に結ばれていた皇太神宮のお札はどうしたのだろう。誰かがシロの代参をしたのか、衛士の目を盗んでシロも参拝したのか。いずれにしても人々のシロへの心遣いを感じる。

私たちは、おかげ横丁の「赤福」で一服。昼食には「ふくすけ」で伊勢うどんを食べた。どちらも、店先に縁台が置かれており、犬連れでも気軽にくつろげる。「ふくすけ」の横におかげ犬のグッズを扱っている「おみやげや」という店があったので、夫と順番に入った。ハンカチなど色々な商品が揃っていて、白い日本犬を模して造られたそれらは、シロそのものに見える。叶うなら店ごと買い上げたかったが、手の平にのる小さな置物と、どんぐり大のおかげ犬がついたストラップを購入した。

買い物を終え、夫と交代してシロと店先で待っていると、店から出てきた若者が、シロに気付き「やっべぇ本物がいる。レアじゃね？」と呟いた。すぐさま十数名の若者に囲まれ、一瞬緊張したが、旅の解放感のようなものを放ちながら、シロの顔を覗き込む彼らを眺めるうち、昔の旅人たちもおかげ犬の存在を楽しんだのだろうと思った。

それからシロは終始上機嫌で、目が合う人すべてに挨拶して回った。道中の皆さんも親切に応えてくれる。その姿は、舞台から降りて観客一人一人に握手をする演歌歌手のようだった。夫と私はシロのワンマンショーにお供するマネージャーといったところだ。

そして、そんなシロの背中を見ながら思う、健気な犬としていい伝えられるおかげ犬たちのなかには、道中を心底楽しんだ犬もいたにちがいない。シロがこんなに喜んでくれるなら、また行こう。そして、今度こそ夫と私がシロの代参をしよう。

男のコです

「シロちゃんどうぞ」シロは動物病院で、そう呼ばれている。他の男のコは皆「○○君」と呼ばれていることに最近気がついた。「ゲン君」と呼ばれていた紀州犬のコはまだ二歳だという。ガタガタと震えているシロの横でゲン君は落ち着いて座っていて、確かに「ゲンちゃん」なんて雰囲気ではなかったのだけれど。なんだかトホホな気分だった。

仔犬のころからかわいがってくださっている近所のご婦人も、「女のコなのに青色の首輪じゃかわいそうよ」と仰る。「あの、男のコなんです」と言うと「あれまぁ。いつから男のコになったの?」と。わりと前からだと答えて笑い合ったが、気まずかった。

シロは犬種問わず女のコに人気がない。近づきすぎると唸られてしまう。人間の女性には撫でてもらえるのだが、犬同士ではうまくいかない。

また、「かわいい」と言ってもらえるが「かっこいい」とは言われない。

いったいなぜなのだろう。生後七カ月のときに去勢手術を済ませたからだろうか。そのおかげで助かっていることもある。たとえばトイレ。マーキングをほとんどしないし、脚を上げて排尿もしない。後始末が簡単なのだ。女のコを追いかけまわすこともないし、欲求不満になることもない。健康面でも前立腺ガンのリスクが減るなどメリットが多いらしい。

普段、いろいろな方から「かわいい」と言ってもらい、シロも穏やかな表情で過ごしてくれることは飼い主にとってうれしいことなのだが、時々は言われてみたいじゃないか「シロ君かっこいい」って。そういえば以前一度言われたことがあった。動物病院の診察台の上で夫に抱きかかえられながら苦手な爪切りを乗り切ったときだった。「シロちゃんかっこいいよぉ」と、看護師さんに褒めてもらった。やっぱり、なんだかトホホなのだ。

シロと一緒に箱根旅行をしたときもポーランドから来たという旅行者に「ガール?ボーイ?」と尋ねられた。「オフコース、ボーイ」と答えたのだけれど、「もちろんオス」と答えてしまったことが恥ずかしい。このもちろんの中には「どこからどう見たってオスじゃないですか彼には日本男児らしい風格があるでしょ」という私の気持ちが込められていたのかもしれない。これを親バカという。

充実期

シロは、来月六歳になる。充実期真只中だ。

「柴犬の充実期」とは、「成犬期」ともいい、およそ一歳半から八歳ころのことをいう。体力気力が充実し、一生で最も活動的な時期。飼育本には「二歳を過ぎたころから性格ができあがり、自我が強くなる。」と書かれている。

飼いはじめたころのシロはワルだったが、穏やかな性格に成長した。ドッグトレーナーさんに教わりながらしつけたお陰だ。と、思っていた。シロは生意気になってきている。「おいで」と言っても、良いことが見込めないと絶対に来ないし、都合の悪いことは聞こえない振りをする。自分が遊んで欲しいときは、しつこく誘うくせに、気分がのらないときは私の誘いを無視。世間ではこれを「なめられている」というのだろう。

さて、先日、夫とシロと一緒に、三重県松阪市へ旅行に出掛けた。宿は「松阪わんわんパラダイスホテル」。色々な種類の犬が家族と一緒に続々とチェックインしてくる。しつけと手入れが行き届いているだろう彼らは、皆穏やかそうだ。「こんにちは」と言う飼い主と一緒にゆっくり私たちに近づいてくれる。なのに、シロはすべての犬に吠えて唸って威嚇した。

人間の歳では今、四十歳くらい。年下の雄犬には体の大きい小さいに関わらず牙を剥く。先輩風を吹かせているつもりなのだろう。雄の柴犬には珍しくないことらしいのだが、調子に乗り過ぎだ。この遅咲きの充実期に夫と私は戸惑っている。
シロを連れての旅行は、今回が六回目だったが、こんなにヒヤヒヤした旅行は、初めてだった。八歳を過ぎると「シニア期」に入り、落ち着いてくるらしいが、あと二年で落ち着くとは到底思えない。けれど、以前のように、他の犬と穏やかに挨拶できるようになってもらいたい。これからもシロと一緒にいろいろな場所へ行きたいから、久しぶりにドッグトレーナーさんへ連絡してみよう。

（二〇一八年十一月）

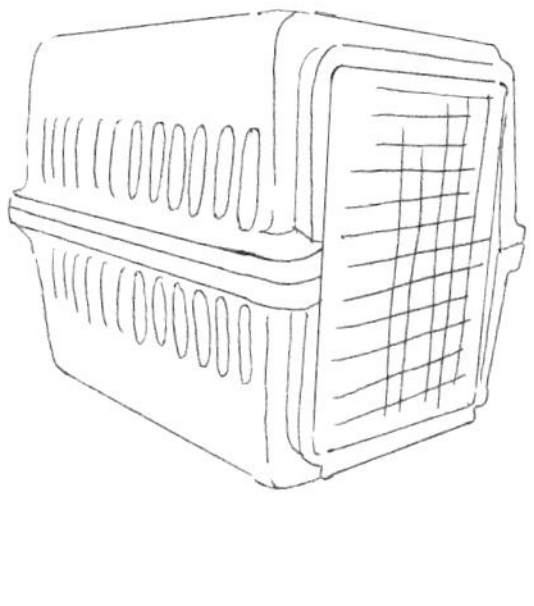

イライラの抑止力

私は、短気だ。

イライラメーターの針は日に何度もレッドゾーンを指す。理由はない。ただただせっかちで、キレやすいのだ。

たとえばスーパーで。可能なら駆け足で買物したいくらいだが、ブレーキを掛けねばならないときがある。鮮魚コーナーの前で刺身を凝視し続けている年配の男性。なぜかよく出くわす。奥様の買物に付き添ってくるようだ。商品をゆっくりながめる権利は皆等しくあるはず、「選ばないならどいてください」とは言えない。男性の背後で右左と商品を覗き込む姿は、まるでエグザイルのチューチュートレインのようだ。

こうなると、まずい。イライラメーターからは警告音が鳴り始め、顔が赤らみ、耳まで熱い。そんなときは、深呼吸する。左手のカゴをリードに持ち替え、シロとスーパーに来ていると想像するのだ。振り向いた男性はシロに優しく声をかけて撫でてくれるかもしれない。だとすれば、イライラしてしまった自分が恥ずかしくなるだろう。そうやって私は、落ち着きを取り戻す。

以前、勤めていた会社でも危なかった。同い年の親友が結婚した喜びを社長に話したときだ。「その年で初婚とは性格に問題ありだな」と返ってきた。イライラメーターの針は一瞬で振り切れ、ボンと音をたてて壊れた。なおも話し続ける社長にパソコンのキーボードを投げつけてやろうかと思ったが、深呼吸。

作業を中断し、パソコンの画面を待ち受け画面に切り替えた。シロの笑顔に設定されているからだ。

わりとすぐに正気に戻れたのは、社長よりシロの方が親友のことをよく知っていることに気がついたからだった。親友は、警戒心の強いシロが初めてお腹を見せた人。知らない人の話に腹を立てる必要はないのだ。マウスぐらい投げておこうかと考え始めたころには、随分と落ち着いていた。

本当は、自力で大惨事を防ぐことが理想なのだが、まだまだ難しそうだ。これからも、シロの力をかりて、穏やかに暮らしたい。

ずっと一緒にいたい

悪夢を見ることがある。散歩中シロのリードがはずれる夢だ。

一度だけ本当にリードがはずれたことがある。シロが一歳のころ、夫と私とシロで近所の公園まで歩き、ロングリードに付け替えボール遊びをしていたときだった。一体どうしてなのか今もわからないが、首輪とリードを繋ぐナスカンがはずれたのだ。リードがはずれたとわかったシロは猛スピードで公園内を走り回った。どれくらいの時間走り続けたか覚えていないけれど、しばらくして、満足した様子で自ら夫に近寄って行き、無事捕まえられたのだった。

公園の外に出なかったのが幸いした。車の往来があり、事故にあっていたかもしれないし、迷子になっていたかもしれない。しっかりとリードを繋いだあとも震えが止まらなかった。あれ以来、ナスカンの確認が習慣になった。

あのとき、シロを失っていたらどうだろう。腑抜けてしまったにちがいない。犬の寿命は人間より短い。シロと一緒に過ごす時間はあとどのくらい残っているのだろう。私はシロをいつか失う、この当たり前のことがわからないでいる。それが動物を飼うということなのに想像できない。シロだけはいなくならないような気がするのだ。けれど、いなくなったらどうしようとも考えている。

シロの体に触れるとき、愛おしいと思うあまり「シロなんて飼わなければよかった」と思うことがある。毛はふわふわしていて、その奥に感じる筋肉はしなやかだ。鼻はピンク色をしていて湿っている。私に体を預けてくる力加減や香ばしいような匂いも、シロのでないとだめだ。シロに触れるときの安息は、シロ以外で感じることはないのだろうと思う。

シロが寿命を全うしたら、シロと出会う前のようには戻れないだろう。今度シロに会うときまで一生懸命ポタジェを耕し続け、気持ちを紛らわすほかないのかもしれない。私も、夫も骨になるそのときが来たならば、シロの骨と一緒にしてもらって、どこか眺めのよい場所に埋めてもらうとしよう。それで、ようやく永遠に一緒にいられるのだから。

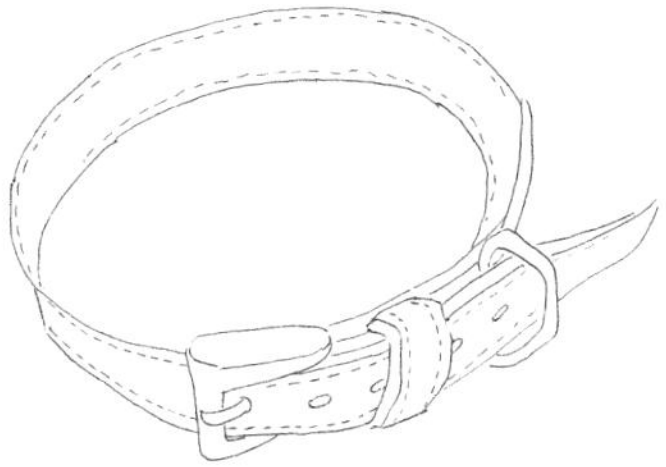

第3章　手づくりのくらし

スープ

汁物は毎日飲む。

すまし汁に味噌汁、コンソメスープなど。我が家では、汁物がメインデッシュになることもある。ごはんと豚汁とか、パンとクラムチャウダーとか。

「お店の味」にはほど遠いのだけれど、家の夕飯としてならば上出来だろうというスープがある。ポタージュだ。カボチャ、サツマイモ、人参、ビーツ、キャベツ、グリーンピース、ケールなど我が家で収穫した野菜のポタージュ。

私のレシピは、適当で簡単。たとえばカボチャのポタージュにしよう。刻んだ玉ネギまたはネギと一緒にカボチャを鍋に入れたら、ブイコンの素を一つ加え、少量の水で茹でる。柔らかくなったら、ハンドブレンダーやミキサーでピューレ状にする。あとは牛乳か生クリームでのばしてできあがり。裏ごしは気になったときだけしかしない。

どの野菜でもこの手順で大体おいしくできる。今のところ、ポタージュが一番野菜の味を強く感じられると思うし、想像より色鮮やかになったりするから楽しい。

A グリーンピース
B キャベツ
C ビーツ
D ケール
E サツマイモ
F カボチャ
G 人参
H ジャガイモ

コロッケ

夕飯の献立を一日中考えていることがある。シロと散歩しているときも、畑仕事しているときも。昨日はお魚だったから今日はお肉にしようか。洋食が続いたから和食にしようか。収穫した野菜の使い道や、栄養バランス、季節感など。こんな風にずっと考えている。

夕飯にこだわるのには理由がある。それは、二十歳のときに食べたコロッケがあんまりにもおいしかったから。

私は学生のころドラッグストアでアルバイトをしていた。ある日、先に帰宅していたパートのMさんが、揚げたてのコロッケを閉店間際の店に差し入れてくれた。「作りすぎたのよ」と、私の両手にポンと置いてくれたアツアツのもの、それがコロッケだった。

透明のポリ袋の中にアルミホイルで包まれた俵型のコロッケは五個。魚の形をした醤油入れにソースが入って添えられていた。

一人暮らしの部屋に持ち帰り、さっそく袋を開けた。粗めのパン粉でできた衣の感触が箸からも伝わってきて、皿に盛りつける前に思わず立ったまま一口食べた。ミンチ肉が入ったジャガイモは驚くほどやわらかく、でも不思議と形は崩れていない。

「おいしい」と独り言を言ったあと、泣けてきた。知らない土地で初めての一人暮らしをしていた私は、大学の課題、アルバイトとプレッシャーだったのだろう。緊張で強張っていた背中が緩んでいくのがわかった。気が付いたら嗚咽していた。アツアツのうちにソースをかけてもう一つ食べ、それから冷蔵庫のしなびた野菜をかき集めて一緒に二つ食べた。最後の一つは翌日学校で。お弁当に手作りコロッケがあると思うだけで気持ちがシャンとした。

後日、Mさんにお礼を言うと「うちの娘が好きなコロッケなのよね。鈴ちゃんも好きかなと思ってさ」と、同じく下宿している娘さんの話をしてくださった。

今でもコロッケを作るとき、Mさんを思い出す。けれど私の作るコロッケはまだ硬い。あのコロッケのようなおいしい料理が作れるようになりたいから、今日もずっと夕飯のことを考えている。

お金の話

結婚したとき、私が家計を管理することになった。弱った。数字音痴なのだ。お給料が入っても、あっという間になくなってしまうし、贅沢しているつもりがないのに必要なものが買えなかったりと散々だった。家計簿は張り切って付けていたし、卵が安いとチラシで見つければスーパーに並ぶこともあった。けれど、まったく管理できていなかった。

結婚後は、夫の扶養の範囲内で仕事をしていたが、その分のお金は普段の生活で使わず、夫のお給料だけで生活すると決めていた。このころはまだ子どもができると思っていたから、もし子どもができて私が働けなくなったときの収入の変化に対応できないといけないと、夫と相談してのことだった。

いつごろだろうか、一人で家計を管理することに限界を感じはじめたのは。やっぱり、うまくいかない。時折アドバイスをくれる夫の方が得意なのではないだろうかと思うようになった。夫は趣味でファイナンシャルプランナーの資格を取得するくらいの人なのだ。そこで、二人で家計を管理することになった。

お給料が入ったら、まず貯金と固定費を確保し、残ったお金でやりくりをするというもの。「いやいや、それが家計管理でしょう」と声が聞こえてきそうですが、ここからがポイントなのです。夫婦揃ってテーブルに座り、白紙に月の予算を書き出していく。たとえば「今月は甥っ子の入学祝いがあるよ」とか「○○さんの結婚式があるよ」といった、一人だと見落としてしまいそうなイレギュラーな支出を思い出したり、「新しいトースターが欲しいな」とか「そろそろ髭剃りを買い替えたいんだけど」など二人で話をするうち、一人一人の希望と我が家にとっての優先順位が明確になっていく。「もう少し食費をおさえれば髭剃りが買えるよ」「トースターはまだいらない。ごはんを食べよう」など、毎月の暮らし方や工夫まで共有することができる。

この「共有」が我が家の家計にとって大きな変化だった。月の初めに必要経費を振り分けてしまえば、残ったお金で日々の献立を考えるだけ。それでも不意な支出はあるもので「どうしよう」「髭剃りは来月でいいよ」となる。トイレットペーパーや洗剤などの日用雑貨も毎月初めに棚卸をして、一カ月分を先に買っておくようになった。突然シャンプーが切れたなどということもなくなった。

二〇〇九年に新築した家のローンを完済し、四十歳になったのを機に、私は会社勤めを辞めた。相変わらず家計に余裕はないが、どうにかやりくりできている。ちなみにシロのポタジェの収支は、今のところ支出の方が多い。

チャレンジお菓子

最近、お菓子作りがおもしろい。

シロのポタジェの野菜を使ってお菓子ができるか実験する。といっても、新たにオリジナルのケーキを開発するわけではない、インターネットで検索をしてアレンジを加えたりして作る。海外では伝統的なお菓子だったり、家庭でよく作られるお菓子だったりと、調べてみると様々なレシピに出合える。

「ビーツ　ケーキ」と検索すれば、「レッド・ヴェルヴェット・ケーキ」と出てくる。ビーツはボルシチくらいしか思い浮かばない野菜だが、欧米ではこのケーキがよく食べられているらしい。ポタジェで初収穫したとき挑戦したが、なかなかおいしかった。

小学生のころ、ケーキを買う金銭的余裕がなかった我が家では、何か祝い事があると母がスポンジケーキを焼いてくれ、姉と私とでデコレーションするというのが通例だった。母が焼くスポンジケーキは、生地を圧手鍋に直接流し入れ、弱火でじっくり焼くというものだった。オーブンなど買えなかったから、母はその鍋ひとつで煮込み料理、炒め物やお菓子と、色々なものを作ってくれた。母の工夫を見るうち、私も毎年できることが増えていき、小学五年生のころにはチーズケーキが焼けるようになった。

中学生のころには、お菓子作りは私の担当になっていた。クッキー、カップケーキやマドレーヌ。当時は甘いものが苦手だったのだけれど、家族が喜んでくれるのがうれしかったのか、単にお菓子作りが好きだったのか、週末になるとせっせと作っていた。そして中学二年生のある日、我が家にオーブンがやっ

てきた。「天火オーブン」という巨大なオーブンで、ガスコンロに直接乗せて使う。母の知人から譲り受けたものだった。そのとき既にレトロな佇まいだった天火オーブンだが、私はうれしくてたまらなかった。記念すべき一品目はエッグタルト。天火オーブンの前を一時も離れず、エッグタルトが焼ける様子を見続けたのを覚えている。その後、高校生のころまで頻繁にお菓子を作っていた。

一人暮らしをするようになってからは、忙しさと道具が揃わないことを理由に全く作らなくなった。けれど、実家にあったハンドミキサーだけは手放さず持っていた。結婚後は時折作る程度となり、シロのポタジェを耕すようになってからは頻繁に作っている。クッキーの型など簡単な道具であれば近所の百円ショップで十分なものが揃うし、ネット注文することもできる。便利になったものだ。

焼きっぱなしの簡単お菓子しか作らないのだけれど、自分で育てた野菜が練りこんであると思うと特別になる。お菓子作りをするとき毎度思うのだが、砂糖の多さに驚く。だから極力減らしてみたりして、たくさん食べられるように調整している。そのほうが野菜の味が楽しめると夫にも好評だ。

シロのポタジェでは、十五種類の果樹も育てている。収穫できたら何を作ろうか。ポタジェに行くたびわくわくしている。

物を選ぶ条件

我が家には炊飯器がない。

「こだわって、土鍋で炊いている」と言いたいのだが、そんな理由ではない。五年前に炊飯器が壊れたからで、ステンレス製とか琺瑯《ホーロー》とか、そのとき空いている鍋で炊いている。

「これだ」と思える品になかなか出合えないから、家にあるもので工夫するうち必要でなくなってしまう。いつものことだ。だから我が家は物が少ない。クローゼットの空き容量は五〇パーセントくらいで、空っぽの押入れもある。

物欲がないわけではない。欲しいものはたくさんある。けれど、大体のものはなくても生活できているから急がない。それに、少しでも納得のいかないところがある商品にお金を払うのが惜しいし、妥協して買ったものが家の中にあるだけでげんなりしてしまう。こんな風にケチで頑固でへそ曲がりだから買い物で難儀する。まず、店員さんの「おすすめです」の言葉が信用できない。店員さんは商品のことを熟知しているかもしれないけれど私とは初対面だ。私が「いい」と思える感覚はわからないはず。たとえタオル一枚でも自分で感じて決めたいのだ。

だから「これだ」と思える品に出合えたときの高揚感は凄まじい。気に入ったものは、少し壊れたくらいでは捨てないし、できる限り修理しながら使い続ける。周りの人が呆れるほどに。つい最近も、洗濯したパジャマを干していたとき、母が「こんなの着てたら百年の恋も冷めるわ。新しいの買いなさい」と怒っていた。二十年以上着続けたコットンのパジャマは、太陽にかざすと向こうが透けて見えるほどになっていた。

それでもなかなか手放せない。愛用品は古くなるほど愛着がわいてくる。そればかりか美しさが増すように感じる。それはきっと「朽《く》ちていく様が美しいか」と想像して選ぶようにしているからだろう。これが買い物をするときの私の譲れない絶対条件だから。

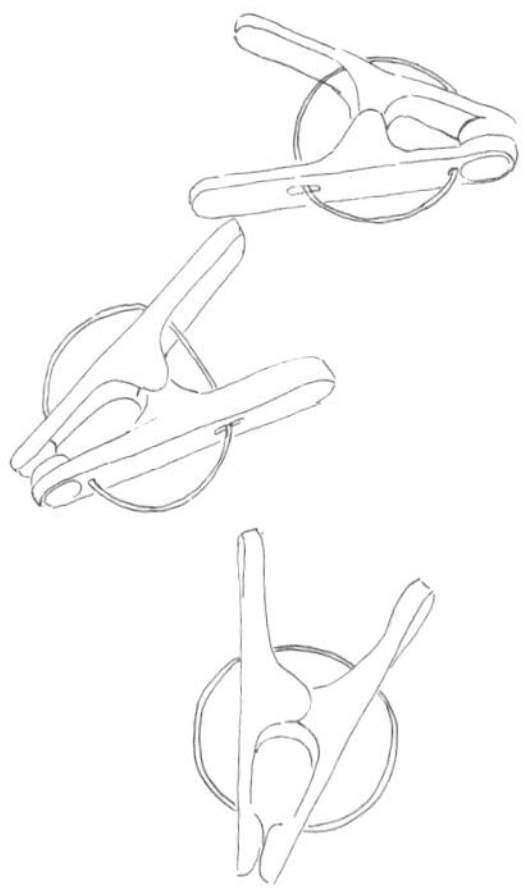

第4章　夫と私とシロのくらし

根無し草

　数少ない私の特技は、初対面の方との会話だ。人見知りしないのではなく、話題にあまり不自由しないのだ。なかでも得意なのは出身地の話。いろいろなところで暮らした者のちょっとした取り柄だろう。私は幼いころたくさん引っ越しをした。覚えているだけで十二回。まるで根無し草のようだった。

　父の仕事の関係で引っ越しが多かったのだが、転勤族だったわけではない。事業に失敗するたび、新天地を求めて移動を続けたのである。父と母の苦労は如何ばかりだったかと、自分が四十歳をこえて考えることも増えた。

　生活が困窮していたことは幼い私でもわかっていた。二歳年の離れた姉と私を育てるため、父と母は無駄遣いをしないよう暮らしを工夫してくれた。そのおかげで私の身長は一六七センチと大きく育ったのだけれど、小心者。小学生のころは、転校先で堂々と振る舞えずいつも緊張していた。大人になっても幼馴染はいないし、故郷もないとひねくれていた。

　でも、悪い思い出ばかりではない。それぞれの土地に風習があり守り継がれる文化がある。それらに触れられたことは貴重な経験だった。たとえば給食。横浜の小学校で食べたカレーは、スパイスの香りが強く、それまで食べたどのカレーよりも洗練されているように思えた。おかわりの列にほとんどの子が並んだ。金沢の小学校では「ベロベロ」（えびす寒天）が出た。キレイだなと眺めたのを覚えている。大阪の小学校で食べた炊き立てのかやくごはんも絶品だった。

暮らしたことのある場所はすべて好きだ。この思いが初対面の会話にもあふれ出る。横浜出身の方に「横浜に住んでいたことがある」と言えば親近感をもってもらえるし、また大阪の方に「小学生のころ大阪で暮らしていた」と言うと「あんた先にそれ言わな」と昔からの友人のようにその後の会話が弾む。けれど、郷土愛として語ってはいけないような気がする。横浜のことを話していると大阪に悪い気がするし、生粋の大阪人ほど大阪のことを知らないのだ。この宙ぶらりん具合が私らしさなのだろうと開き直ったりもした。

そして、十八年前に結婚して以来、今は夫の生家に住んでいる。「暮らした年月」の最長記録更新中だ。ここは、ご近所のほとんどが同じ苗字という土地だ。家によっては遠い親戚だったりと、新婚当時、閉鎖的にも感じたこの場所が、故郷がほしいという私の幼少期の望みを叶えてくれている。

小学生のころ同級生の子らが、半被《はっぴ》を着て地元のお祭に参加しているのがうらやましかった。今は、お祭の日にお赤飯がまわってきたりする。また、法事には抹茶が振る舞われ、大お経会とやらでは、軒下に鐘が吊り下げられる。

夫にとっては、「古くて面倒な風習」でも、私にとっては、伝統行事に参加しているうれしい経験ばかり。そして今、子どものころには想像もしていなかった畑仕事をしている。一輪車を押して我が家から少し離れたシロのポタジェへ向かう途中、畑仕事中のご近所さんが声を掛けてくる。このとき、自分の体から根っこが生えてくる感覚になる。とても小さくて細い根だけれど、むず痒《がゆ》いこの感じがうれしい。

あと何年くらいしたら、「この土地の人」らしくなるのだろうか、少しはそうなってきているだろうか。あわてず、ゆっくりこの場所で丁寧に暮らしていこう。

夫と私とホタルイカ

スーパーでホタルイカを見つけた。小学生のころ石川県に住んでいて、よく食べた懐かしい春の味覚。魚介類が好きな夫もきっと喜ぶと思い、その日の夜炊き込みご飯にした。

小さなホタルイカの身は、ぷっくりしていて甘みが濃厚。「おいしいねぇ」と食べていると、「ホタルイカ好きなんだねぇ」と夫が浮かない顔。「うん。嫌い？おいしくない？」と聞くと「イカの方が好きかな」と夫。「これもイカですけど」と言い返した瞬間。頭に血がのぼっているのに気がついた。

「ヤバい」と思ったが、もう止められない。「もういい。ホタルイカ一生つくらん」と言ったあと残っているご飯を全部平らげた。今までも夫の苦手な食材は受け止めてきたのに、何故こんなに腹が立つのだろうと自分でも疑問に思ったが、もっと乱暴なことを言ってしまいそうだったので、お風呂に入り、シャンプーに怒りをぶつけた。三回目のシャンプーで考えがまとまった。夫と春の味覚を味わいながら北陸に思いを馳せ、「シロと一緒に旅したいね」なんて言いあいたかったのだ。夫と一緒に遊びに行きたいのだとわかった。

我ながら幼稚なこの展開に、どうにもこうにも治め方が分からず、お風呂から出たあともプイとしてしまい、後悔。謝ろうと思ったとき、小声で「先に寝まぁーす」と言って寝室に向かった夫。「この状況で寝られるわけぇー?」と別件で怒り勃発。その晩は熟睡できず、翌日の昼まで気まずい空気が流れた。

潔く謝って旅行に誘うはずが、「結婚してからずっと、文化的な生活は何か、本当の贅沢は何かって考えて、季節感のある料理を毎日作ってるんだよ」と偉そうなウンチクを言い、結局「そっかごめんね」と夫に言わせてしまった私。どうしたものだろう、本当にホタルイカを一生食べられそうにない。夫への申し訳なさと、恥ずかしさがよみがえりそうだ。

遠い花火

リオ・デ・ジャネイロ・オリンピックが開催された年の六月二一日。早朝に救急車を呼んだ。夫がベッドから立ち上がれなくなったのだ。近くの総合病院に運ばれ、検査を受けた。診断は、腰椎椎間板ヘルニア。

幸い麻痺などの緊急を要する症状がなかったため、手術はせず「保存療法」を行うことになった。それは、自然と回復するのを待つというもの。二、三カ月ほどで軽快するだろうという医師の説明と、大量の鎮痛剤を処方され帰宅することになった。

夫は、痛み止めの座薬を投与されストレッチャーから車椅子へ移された。私は会計場に夫を残し、病院内のATMへ走った。五分も離れていなかったと思うが、戻ってきた私の顔を見て「座っとるのが痛い」と言いながら、夫は床に崩れ堕ち、そのまま動けなくなった。顔は青白く、大量の脂汗をかいていた。

こんな状態の患者を帰宅させるのかと怒りがこみ上げてきたが、看護師さんや事務員さんなど行き交う方々が足を止め、一時間以上も付き添い助けてくれた。お陰で私は取り乱すことなく、タクシーで家のベッドまで夫を連れて帰ることができた。

寝たきりの夫のケアは介護職の経験が役に立ったが、痛みのケアはなす術がなかった。唸り続ける夫の横では食事が喉を通らない。ただ祈るだけで、私自身どう過ごしていたのか細かな記憶がない。シロとの散歩中、蛇に出くわし腰が抜けそうになって「私まで立てなくなるわけにいかない」と、リードを強く握ったときのことは覚えている。

激しい痛みは二週間が過ぎたころから和らぎはじめた。寝ながら食事をする夫に「涅槃像《ねはんぞう》みたいやん」と言う私に、笑い返す余裕も出てきた。夫は一日一日回復していった。

そして、七月三十日の夜。遠くで花火の音がする。「行けそうだよ」と夫。救急車で運ばれて以来の外出だった。我が家から片道百メートルの散歩だった。遠くから見る花火はとても小さかったけれど、満足だった。

ヘアドネーション

ヘアドネーションをした。

これは髪を寄付すること。

小児がんなどの病気や、事故などで髪を失ってしまった子どもにカツラを無償提供している団体（Japan Hair Donation & Charity）がある。そこへ寄付するのだが、白髪染めやパーマをあてている私の髪でも寄付可能。方法は、三一センチのところで髪を束ね、二センチ上で切り、封筒に入れて送るだけ。とても簡単だった。

髪の量も減ってきているし、ロングヘアも卒業かなと感じていて、どうせ切るのなら寄付しようと思ったのが二年前だった。それからは、自分の髪ではないような、傷つけてはいけない大切なものを預かっているような感覚。髪の手入れなどしたことがなかったのに、毎晩のトリートメントが欠かせなくなった。

もともと、肩にかかるくらいの長さはあったけれど、三三センチ切るとショートヘアになる。できれば、それは避けたい。強い癖毛で、その上汗っかきなため真冬以外は、自分の熱と湿気で髪が膨張し、デビュー当時の笑福亭鶴瓶さんのようになってしまう。だから切ったあとも一つに束ねられるだけの長さが必要で、腰まで伸ばそうと決めた。

腰辺りまで伸びた髪は危険だ。車の運転中、後方確認のため振り向くと痛みが走る。見るとドアに髪が挟まっていた。夜中に悪夢で目が覚めると、首に髪が巻きついていることもあった。ダウンコートのファスナーが髪を噛んでしまい脱ぐことができず、暖房のきいた部屋で汗だくになりながら解き続けたこともある。また、出先での和式トイレでは髪が床についてしまわないよう、気をつけなければならない。

もう限界だった。そして、いつも担当してくれている美容師さんの協力で断髪式となった。いざ切るとなると名残惜しかったが、今は、久しぶりのボブヘアを楽しんでいる。

一つのカツラにはおよそ三十人分の髪が必要らしい。私の分もほんの少しの毛束にしかならないだろうが、誰かのお気に入りのヘアスタイルになることを願っている。

フードドライブ

なかなか信じてもらえないのが悲しいが、若いころの私は痩せていた。そのうえ大食漢だった。「たくさん食べても太らないのはうらやましい。」と言われて得意になったりもした。

結婚したばかりのころだから、私が二十四歳で夫は三十一歳のとき、大食漢の友人夫婦と横浜中華街にある「食べ放題」の店へ行ったことがある。一品の量が少なかったこともあり、四人で全メニューを制覇した。途中から店員が肩をすくめ首を振り呆れていた。私たちは三時間近くずっと食べ続けていたのだ。私の唯一の武勇伝。

二十年ほど経った今は食欲も体型も人並みになった。たくさん盛り付けてしまう癖はまだ残っているが、食べられる量は減っている。結婚したころは、毎日五合のお米を二人で平らげていたけれど、今はお米を食べない日がある。だから最近お米が余るようになってきた。

我が家は、お米を買ったことがない。婚家には田んぼがあり農協へ稲作委託している関係で、新婚当時は農協から小作料として年に一度お米一俵を還元してもらっていた。最近お米での還元はなくなったが、専業農家の親戚からちょうどいい量のお米をいただいている。私の実家はあまり裕福ではなかったから「お米がある」という安心とありがたさを感じる毎日だ。

一昨年末、近所のスーパーマーケットのオープン記念でお米をもらい、別の店の歳末ガラガラ抽選でお米が当たり、応募していたことも忘れていた懸賞でもお米が当たった。新しく迎える年の運を全部使い果たしてしまったのかと心配になるほどだった。困った。もったいないじゃないか。

数カ月経ったころ、新聞で「フードドライブ」の記事を読んだ。フードドライブとは、「食品ロス」を減らす活動で、家庭や企業で余った食品を持ち寄り、必要としている方や施設へ届けるという仕組み。「これだ」と思った。早速調べてみると、車で五分もかからない所に寄付できる民間団体があって驚いた。訪ねるとスタッフの方が「フードバンク」と呼んでいる倉庫を案内してくれた。中には棚が設けられ、実に多種多様な商品が並んでいた。それらは、寄付されなければ廃棄されていたもの。これだけの量の食品を処分するときにかかるであろうエネルギーや、排出されるCO²などのことを考えると「もったいない」だけでは済まされない問題だと思い知らされた。

加工品の他に、キュウリが段ボールに入れられ置かれていた。なんでもそこは子ども食堂やシェルターなども運営しており、野菜も受け取ってもらえるらしい。「食べ切り」「使い切り」を心がけてはいるものの、野菜作りをしていると、ちょうどいい量を栽培するのは難しい。自分で種から育てた野菜を初収穫し、食べるときはいつもうれしいけれど、どうしてもロスは出る。「残ったらどうしよう」「種、まだあるけどこれくらいにしておこう」と、心配する必要がなくなったようでホッとした。

幼いころ、ご飯と梅干だけという日が度々あった。父と母と姉がいて私には大きな不安はなかったのだが「今日食べる食料を買うお金がない生活」を両親は不安だったことだろう。あのころフードバンクが身近にあったならば母は利用していただろうか。子ども食堂が近所にあったならば顔を出していただろうか。きっと、利用しなかっただろう。

小学三年生のとき、友人の家で友人のお母さんが「鈴ちゃんこれ着てくれない？」と体の大きかった友人が着られなくなった服を私にくれたことがあった。私にはピッタリの服だったのだけれど、母はいくら説明しても「返してきなさい」と受け取ることを許してくれなかった。生活が困窮していても自力で暮らしたいという母の意地だったのかもしれない。

今ならあのときの母の気持ちが理解できる。三十年以上も前のことだから、今はそんな意固地な人はいないかもしれない。でも、中には複雑な気持ちでフードドライブを利用している方もいるのではないだろうか。

フードドライブを、すべての人が気軽に利用できるといいな。子どもたちにはお腹いっぱい食べてもらいたい。そんなふうに思いながら、夫と自分以外の誰かに食べてもらうかもしれない野菜を育てている。

終生飼養

終生飼養とは、動物の飼い主は、その動物が命を終えるまで適切に飼養する責任があるということ。平成二五年九月一日より法律上でも明確にされた。この言葉の意味を改めて教えてもらったことがある。

一度は行ってみたいと思っていたのが動物保護管理センターだった。殺処分の現状を知りたかったのだけれど、殺処分を目前にした犬を直視できるのだろうか、そして、なす術がなく帰宅したあとに、訪れるだろう罪悪感に耐えられるのか自信がなく、足踏みをしていた。

シロと暮らしはじめて二年半がたったころ、近所の動物保護管理センターへ行くことができた。私が想像していた動物保護管理センターは、無機質で、動物は皆ひどく汚れ怯えているというものだったのだけれど、違っていた。「見学させて下さい」と受付で声を掛けると、事前連絡もせず訪れた私を、職員の男性が快く案内してくださった。男性は、自分の飼い犬のように一頭一頭に声を掛け、じゃれ合いながらそれぞれの性格まで教えてくれる。法改正があったおかげで殺処分数は減ってきていると言い、三頭の仔犬を含め、十頭の犬と対面させてくれた。「この子たちは皆、社会復帰候補犬です」。すべて迷子犬で、飼い主からの連絡を一週間待ち、健康状態のチェックを行った上で、行動観察の期間を設け、人への攻撃性の有無なども十分に考慮して社会復帰候補犬になるのだという。

一方、里親を希望する人は、家族構成や住環境など、いくつかの条件を満たしていることに加え、繁殖制限、法律、給餌、しつけ、適切な飼い方。しつけ方の実演などを受けたあと、受講証が交付され、飼い主候補となる。そうして、双方の相性などを考慮しながらお見合いが始まるのだとか。

シロと私たちの出会いを思い出す。ペットショップで売れ残り、ワルに成長しているとも知らず一目惚れし、シロを連れて帰った日は、簡単な契約書にサインをし、代金を支払っただけだった。その日から無知な私のシロとの格闘は凄まじく、里親を探そうか考えたりもした。今では、そんな軽率だった自分を恥じ、シロに詫びている。そして、シロの最後を看取るのはきっと辛いけれど、シロの最期は私の膝の上と決めている。

外国のペット事情はどうだろうか。ペット先進国といわれるドイツでは、飼い主が現れないという理由だけで殺処分することはない。犬や猫の展示販売は禁止されていて、犬を飼うためには「犬税」を払わなければならない。無責任な飼い主を減らすために導入された税制なのだとか。しつけを与える法的義務も飼い主に課せられている。だからだろう、ドイツを旅行したとき一番驚いたのは犬の存在感だった。電車やレストランなどにも大型犬が飼い主と一緒にいて、お利口で穏やかだった。ドイツにだって犬が苦手な人はいるはずだが、公共の場に犬がいるのは当然のことと受け入れられていた。

犬とは何だろう。犬と人が暮らすとはどんなことなのだろう。シロは幸せなのだろうか。私の飼い方は正しいのだろうか。毎日落ち着いて暮らしているように見えるシロだけれど、最良の飼い方が他にあるのではないだろうかと今でも自問自答している。動物保護管理センターでは、一般の飼い主のしつけや飼い方相談にも応じてくれるのだとか。困ったときアドバイスをもらいに行ける頼もしい存在になりそうだ。

「今、殺処分を目前にしたコはいますか」

その問いに答えはなかったが、ゼロではないようだった。終生飼養は罰則のない努力義務とされている。「終生飼養を義務とする」そんな新しい時代が来ることを願っている。

TNR＋M

動物保護管理センターへ訪れたときに職員の方から「犬のことより猫のことを書いてくださ い」と懇願された。なんでも、野良猫の被害に憤慨した市民がかけてくる電話対応に毎日追われているのだとか。野良猫は野良犬とは違い野生動物とみなされていて捕獲対象ではないらしい。そこで「地域猫」という活動を広く知ってもらいたいというのだ。

猫について無知な私は、隣町で地域猫の活動をされている代表の女性にお話を聞くことができた。彼女たちが主催する保護猫の譲渡会でお会いした。主に八人で活動しているといい、保護猫を預かってくれるボランティアさんもたくさんいるという。

まず驚いたのは、彼女の忙しさ。ひっきりなしに携帯電話が鳴り、対応に追われていた。内容は「庭で野良猫が子猫を産んだが、どうしたらよいか」や「今、多頭飼育崩壊状態だから見に来て欲しい」など、様々だった。そんな忙しい合間にお話しをしてくださった。彼女の印象はとても穏やか。丁寧な口調で言葉を選びながら話をされる。ワイルドな方を想像していた私は、彼女の優しい雰囲気にホッとした。

地域猫の活動はTNR＋M。これは、Trap（捕獲をして）Neuter（不妊手術を施し）Return（元の場所へ返す）＋Management（その後の管理）の頭文字をとったもの。地域猫の基本になる活動内容だ。地域猫活動を実施した場合の効果はいろいろだ。まず不妊手術による効果。今ある命を一代限りで全うさせることができ、殺処分することなく徐々に頭数を減らすことができる。それから、適切な餌やりによる効果。ゴミを荒らさなくなる。あとはトイレの問題。トイレを正しく設置し掃除することで民家の庭などにフン尿することがなくなり町の美化につながるのだとか。

けれど、実際は保護猫の管理に追われる毎日なのだそう。彼女の家には三〇頭を超える保護猫がおり、八人で一〇〇頭を超えるだろう猫を保護しているのだとか。保護猫とは所有者がはっきりしていない猫で怪我や病気、あるいは母猫の飼育放棄が認められ自力で生きていけない猫を保護している状態。保護猫の飼育費用や不妊手術の費用もすべて彼女たちが負担している。

猫の繁殖力は凄まじい。一度の交尾で一〇〇パーセントに近い確率で妊娠するという。そして、一度の出産で四頭から六頭の仔猫を産む。妊娠期間は約二カ月、一年に三回出産することも可能だ。仔猫は早ければ生後六カ月で妊娠可能な体にまで成長するのだとか。驚いた。不妊手術が重要だということがわかるのだが、ボランティアさんだけでは活動が追いつかないだろうことも想像できる。

以前訪れた動物保護管理センターとの関係について尋ねた。まず、地域猫活動は市認定の市民団体が行っているのに対して、動物保護管理センターは県の施設。管轄が違うとの理由で取り合ってもらえないらしい。だから、動物保護管理センターで保護した猫の不妊手術はしても地域猫が保護している猫の手術はしてくれない。譲渡会の場所すら提供してもらえないということだった。

一方で市の対応はどうか。譲渡会のお知らせの張り紙すら市役所に貼らせてくれないという。彼女たちは、自らの熱意と猫への愛情だけで頑張っていることになる。なぜ、何も知らなかったのだろう。こんなにも身近で活動されていたのに、頑張っておられるのに、なぜ私は気がつかなかったのだろうか。譲渡会の会場には保護猫がたくさんいるのに、ペットショップでは猫が売られている。いったい日本は何をしているのだろうか。

もどかしさが先走り、詰め寄るかたちで、行政などにうったえたいことはありますかと質問すると、冷静に三つ答えてくれた。一つめは「市や行政がもっと積極的に関わってほしい」。二つめは「不妊手術だけでも行政のもとで実施してほしい」。三つめは「市民への説得」だった。市民への説得の内容も三つ。「不妊手術の必要性」「トイレの設置の許可」「猫を愛して欲しい」。

彼女に話を聞いた今でも自分が何をしたくて、何をするべきなのかがわからない。はたして野良猫を頭数管理する必要があるのだろうか。野良猫が野生動物だというのなら、強い猫が生き残り弱い猫は淘汰されていく、この自然の摂理をただ見ているだけではいけないのだろうかとも思うのだ。

一番印象的だった言葉がある。地域猫活動の最終目標を尋ねた私への答えだ。「まちから猫がいなくなること」。他でもない彼女の口から、そんな答えを聞くとは、とても驚いた。と同時に、いま野良猫の生活環境がよほど悪化していることを意味しているのだろうと感じた。

白白是好日

今は、植物が育ち茂るころとされる、二十四節気の「小満《しょうまん》」。確かに、シロとの散歩中、除草剤を散布する人たちによく出くわす。「除草剤は犬には危険」と獣医さんに聞いて以来、この季節は逃げ惑いながらの散歩になる。

「二十四節気」を知ったのは茶道教室である。嫁いだ家の法事では、必ず抹茶をたてることを知り通い始めた。教室には、和菓子屋さんやお坊さんなど同世代の男性も数名通っていた。

道具の一つ「柄杓《ひしゃく》」を弓のように扱う所作があり、男性のお手前では、より緊張感が増して心地よい。茶道は元々男性が行っていたものと聞けば納得がいく。そして新婚当時、夫と共通の趣味になるものを探していた私は、夫を誘い二人で通うことになった。

通っていた教室の先生がご夫婦で教えていたこともあり、お二人に憧れてみたりして、私たちはお茶の世界に夢中になった。

仕事で失敗が続き「辞めたい」とまで思い、酷《ひど》く落ち込んでいた日のお稽古。その日の掛け軸にはただの円《まる》が書かれていて、ポカンとしていた私に、夫先生が「円は欠けることも、余すこともない完全な円満で、始まりも終わりもない。一つの集りは何一つ、誰ひとり欠けてはいけないのです」と説明された。こうした「タイムリー掛け軸」は他にもあり、その度に励まされた。

約六年通ったころ、奥さん先生が倒れ要介護状態に。その後間もなく夫先生が急な病で亡くなった。教室は事実上閉鎖となった。途中からは、お稽古というより先生方に会いに行っている感じだったから、新しい教室を見つける気持ちにはならなかった。

あれから十二年。稽古中先生方に教わった言葉の数々を、今改めて味わわせてくれているのが、シロ。たとえば「日日是好日」。その意味とは、「その日その日がかけがえのない一日であって、日々の苦しみ、悲しみ、喜び、楽しみなど、良い悪いに対する執着がなくなり、今日を素直に受けとめ、自然の中で生きているということを感じ、一日を意のままにすごせる、というところに真実の生き方がある」。私にはシロの毎日を言っているように思える。

リビングの窓から、伏せたまま外を眺め、網戸を通って、自分にかかるわずかな風を、目を細めて感じ続けているシロの姿にこの言葉はぴったりだ。けれど私にとって、シロたち動物のように「ただ今を生きる」のは難しい。自然体で毎日を過ごすヒントを茶道教室で教われない今、シロが師匠というのは、先生方に失礼かもしれないが、お二人はきっと笑いながらうなずいてくれるだろう。

さて、今朝の散歩。トラクターが走った跡に残る土の塊の匂いを確かめながら歩くシロ。あと数日で田植えの時期とされる「芒種《ぼうしゅ》」。田んぼに水が張られ始め、小さな稲が揺れている。少しの間、シロと並んで眺めて帰った。

新年の誓い2020

平林シロ

夜が明けきらぬうちに同居人に起こされた。眠い。体に力が入らない。僕の一日が今日も始まる。僕は七歳の柴犬。名前はシロ。父ちゃんという同居人が適当につけた名前だ。同居人といえば母ちゃんという人間もいる。

二人は眠たい僕の体を散々撫でまわし満足すると、各々朝の支度を始める。そして僕は、空腹に耐えながら二人の食事が終わるのを待つ。そして、目覚めから一時間、一日の最大にして最高のときがやってくる。僕のごはん。ゆっくり味わいたいところだけど、いつもあっという間に終わってしまう。だってごはんの量が少ないんだもの。膝が弱い僕の体重増加を防ぐため「腹八分目ね」と母ちゃんは言うけど、五分目にもならない。

ごはんは夕方にもう一度食べられる。それまで僕は自宅警備員として寝て過ごす。寝るといっても熟睡はしない。耳センサーも鼻センサーもオンのまま、時々薄目で目視も怠らない。普段はこの緊張感を表に出さず、本当に危険を感じたときにだけ出動するのが僕の警備員としてのこだわりだ。

過去に一度だけ警備員として出動したことがある。まだ暗いある朝、聞き慣れない足音を聞いた僕は飛び起きて夢中で吠えたんだ。それは、おばあちゃん（母ちゃんの母ちゃん）が泊まりに来た翌朝、早起きしたおばあちゃんが僕たちを起こさぬようにと、忍び足で新聞を取りにいった音。寝ぼけた僕の誤作動だったから、父ちゃんと母ちゃんに少し怒られたけど「誰にでも尻尾を振るシロは、きっと泥棒も歓迎してしまうだろう」と思っていた二人から、警備員としての信頼を得た瞬間だった。

僕には、父ちゃん母ちゃんの専属保健師としての顔もある。保健師としての仕事はいろいろ。父ちゃんが仕事から帰ったときに笑顔で出迎えること。これには、仕事モードから解放させる効果がある。それから散歩。体力の強化と、良い睡眠に繋がっている。そして、スキンシップ。僕に触れるだけで少しの疲れくらいなら吹っ飛ぶらしい。

そんな忙しい僕だけど、楽しみにしていることがある。一日の終わりに二人が僕の一日を労《ねぎら》ってくれること。タオルを投げてもらったり引っ張ったりして遊んだあと、テレビとやらの前でゴロゴロする。二人がたくさん僕を撫でてくれるから、誇らしい気持ちになるんだ。でも、テレビは面白いらしく、二人の手が止まることも。そんなときはテレビの前で座りこみ。そうすればまた、撫でてくれる。このときばかりは本当に眠ってしまいそうになるけど、二人に眠いのがばれると寝床に入れられてしまうから、頑張って目を開ける。

そして明日も、その次の日も今年一年、毎日この時間が来ますように。父ちゃんと母ちゃんが健康でありますようにと願う。だから、僕は自宅警備員と保健師としての仕事を今年も頑張るつもりだ。

あとがき

私が文章を書きはじめたきっかけは「育犬日記」です。はじめはドッグフードや飲んだ水の量などを記録した簡単なものでした。そのうち、シロが「うちの子」として暮らした姿を形にして残してやりたいと思うようになり、シロとの日常を書き留めるようになりました。

シロがうれしそうだと書き、喜ばせてはまた書く。いつしか文章を書くことが習慣になりました。本作りの準備が本格化した一年前からは大切にしたいはずのシロを放ったらかして原稿に集中するという矛盾もしばしばだったように思います。私が原稿に向かっている間、集中できるようにとテレビを消し、音を立てずに過ごしてくれた夫とシロに感謝しています。

私には文章の先生が二人います。エッセイストの内藤洋子先生と風媒社の劉永昇編集長です。お二人には根気よくご指導いただきました。そして、時には励ましていただき、この本が完成しました。心よりお礼申し上げます。また、装幀デザインの澤口環様、風媒社のスタッフの皆様、この本にご協力くださったすべての方々に、感謝いたします。

夫と私とシロとポタジェの暮らしはこれからも続きます。愛おしいものを大切に思いながら一日一日を紡いでいこうと思います。

この本を手に取り、読んでいただきありがとうございました。

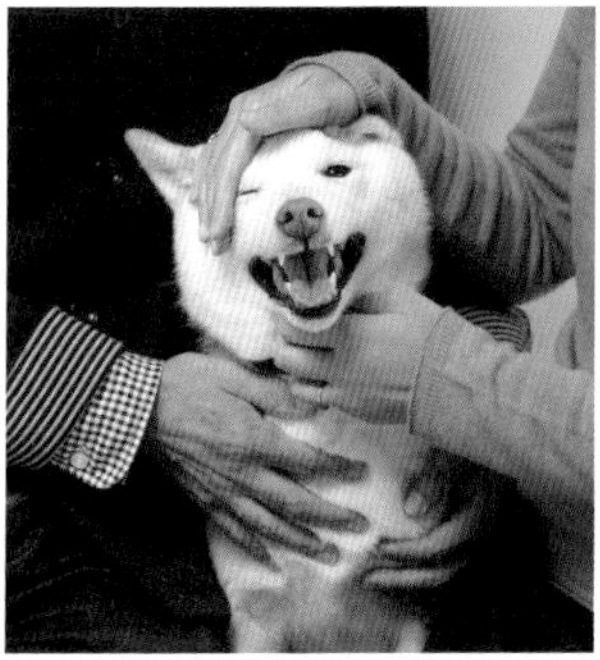

平林 鈴子（ひらばやし　すずこ）
美術大学を卒業後、介護職を経て24歳で結婚。結婚後は一般企業で事務の仕事をしていたが40歳を機に退職。今はおよそ160坪の畑を耕しながら、夫と柴犬と暮らしている。

インスタグラム　シロママ
@shiromama1012

シロのPotager《ポタジェ》

2020年6月20日　第一刷発行
＊定価はカバーに表示してあります。

著　者　平林　鈴子
発行者　山口　　章
発行所　風媒社
〒460-0011
名古屋市中区大須1-16-29
Tel 052-218-7808
http://www.fubaisha.com/

カバーデザイン　澤口　環
印刷・製本　シナノパブリッシングプレス

ISBN978-4-8331-5379-9